看懂德語積木式架構

高效學習初級至中級文法

楊慧中老師 ◎審訂

樂思編譯組 ◎編著

編輯部的話

當每天的生活離不開手機時，我們已經習慣圖像閱讀，若遇到大量文字，反而會閱讀困難。《圖解德文文法》專為習慣圖文解說的讀者而編寫，以清晰簡潔的版面呈現，不用冗長的文字講解，盡量轉化成圖像來解說德文文法，希望為讀者帶來耳目一新的學習體驗，同時可以有效率地吸收內容，不再卡關德文文法，輕鬆搞懂文法邏輯，從學習中獲得成就感。

《圖解德文文法》適用等級為 A1 — B1（依 CEFR 歐洲共同語文參考架構指標）。自學者閱讀本書，可以有系統地了解句子邏輯、文法脈絡，學德語立刻就上手。不論是使用全德語教材、或中文版德語教材的學習者，可以輕鬆看懂德文文法到底在說什麼，不再陷入文法迷霧森林。

本書每章節結束後，特別編排重點複習單元，幫助讀者快速整理學習內容。練習單元則是幫助讀者熟能生巧，透過反覆練習的方式，讓基礎文法成為習慣反應，自然而然就這麼用了，這也是德奧瑞三國德語圈從小開始的學習方法。

德文，原來沒有那麼難！這是編輯部最大的目標，希望讀者看過本書後，都能有這樣的想法！

目錄 Inhalt

9 句子形式 Die Modi

10 命令式、虛擬式 Der Imperativ、Der Konjunktiv

11 被動式 Das Passiv

12 形容詞、副詞、數字 Das Adjektiv、Das Adverb、Das Zahlwort

13 介系詞 Die Präpositionen

1 認識句子結構
Der deutsche Satzbau

Jetzt Deutsch lernen !

句子組成

德語句子有固定的架構，了解句子的組成元素、文法變化邏輯，就能順利完成正確的德語句子。

主詞
Subjekt
1 要說的重點
2 這件事的主角人物、事物
3 可以是一個人稱、事物、或一組詞
動詞
Verb
動詞在句子的第 2 位置！
請先牢記這個基本概念
受詞 / 表語
Objekt /Prädikativ
1 補充說明情況、解釋狀態
2 可以是一個單字
3 也可以是一連串的詞，或是一個子句
Ich
tanze
mit meiner Freundin.
（我和我女朋友跳舞。）
Die ganze Nacht
tanze
ich.
（我整夜跳舞。）

Ich tanze die ganze Nacht. （我跳舞跳整夜。）

Die ganze Nacht tanze ich. （我整夜跳舞。）

把句子裡的受詞 / 表語和主詞交換位置，意思不變，只是語意裡強調的重點不一樣了。但句子的結構仍然是主詞+動詞+受詞 / 表語。

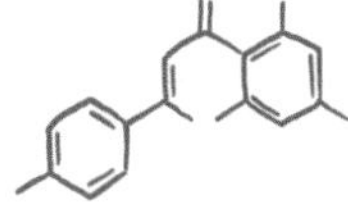

動詞的價
主詞—動詞—直接受詞
主詞—動詞—間接受詞—直接受詞

德語動詞有個功能——「價」，其概念就像化學的原子價，動詞可以支配句子後面要接形容詞，或是接直接受詞、間接受詞、哪些介系詞……等等，造句時動詞確定了，就像有了看齊的目標，後面要接什麼詞，就有相對應的做法。

Das Auto	kommt.			（車子來了。）
主詞	動詞			
Mein Auto	ist	rot.		（我的車子是紅色的。）
主詞	動詞	形容詞		
Ich	kaufe	ein Auto.		（我買了一輛車。）
主詞	動詞	直接受詞		
Ich	schreibe	mit dem Stift.		（我用鉛筆寫字。）
主詞	動詞	間接受詞		
Ich	kaufe	mir	einen Rock.	（我給自己買了一件裙子。）
主詞	動詞	間接受詞	直接受詞	
Ich	denke	an	dich.	（我想念你。）
主詞	動詞	介系詞	介系詞受詞	

（denke an：固定搭配介系詞）

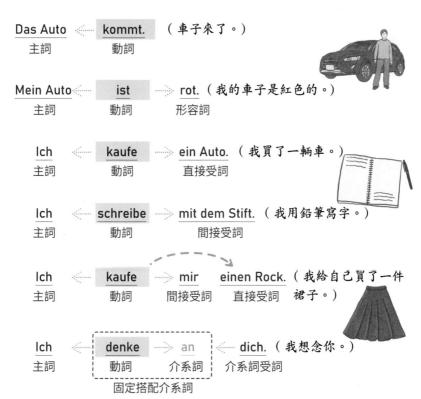

德語助動詞

德語的助動詞有 2 種，一是助動詞，另一種叫情態動詞。當句子裡出現助動詞或情態動詞時，會形成一個句子裡有 2 個動詞的現象。那麼動詞位置就是第 2 位和句尾。

助動詞用法

Ich **habe** gestern Tennis **gespielt.** （我昨天打了網球。）

habe：助動詞　gespielt：動詞第二分詞

情態動詞用法

Ich **kann** gut Tennis **spielen.** （我可以打網球打得很好。）

kann：情態動詞　spielen：使用動詞原形

特別動詞用法

德語還有一種特別動詞叫分離動詞，以及 2 個動詞連用的動詞，動詞位置依然是第 2 位和句尾。

分離動詞

Der Zug **fährt** um zehn Uhr vom Hauptbahnhof **ab.**

fährt：分離動詞　ab：前綴詞

（火車 10 點從中央車站出發。）

可連用動詞

Ich **gehe** jeden Tag **spazieren.** （我每天散步。）

gehe：動詞　spazieren：動詞 2：使用動詞原形

疑問句裡的動詞

沒有疑問詞時

Friedrich **Kommt** aus Deutschland.（弗里德里希來自德國。）

Kommt Friedrich aus Deutschland?（弗里德里希來自德國嗎？）

移動動詞到句首就是疑問句了

有疑問詞時

❶	❷	❸
Was	ist	das?　（那是什麼？）
W 疑問詞	動詞	主詞

❶	❷	❸
Wie	heißen	Sie?　（您叫什麼名字？）
W 疑問詞	動詞	主詞

動詞還是在第 2 位置

der Vorhang窗簾
das Fenster窗户
der Kopfhörer耳機
die Tasse杯子
die Frau 女子
der Stuhl椅子
die Wolldecke毯子

2 名詞
Das Nomen

der Notizzettel便條紙
die Pflanze植物
der Wecker 鬧鐘
der Stift 筆
der Laptop 筆電
das Handy手機
der Spiegel 鏡子
das Heft 記事本
der Tisch桌子

名詞的詞性

陽性	中性	陰性
der	das	die

德語名詞有陽性、陰性、中性三種詞性，名詞的詞性和我們觀念上的陽性、陰性、中性不一定相同，必須要找方法記住，例如可以不同顏色筆記，以色彩幫助記憶名詞的詞性。名詞單字字首一律要大寫。

陽性	中性	陰性
der Saft （果汁）	das Wasser （水）	die Milch （牛奶）

陽性名詞

被歸納為陽性的名詞單字，大多有以下特點，不過仍會有例外，需要特別注意。

1 男性人物、生物

生物上的

der Mann（男人）
der Vater（爸爸）
der Hahn（公雞）

職業上的

der Arzt（醫生統稱、男醫生）
der Mechaniker（機械維修工）

die Polizei（警察統稱）

2 字尾

字尾	例字
-er	der Computer（電腦）
-en	der Ofen（爐子）
-ich	der Teppich（地毯）
-ig	der Essig（醋）
-ismus	der Tourismus（旅遊）
-ist ＊職稱名詞特指男性時常用	der Polizist（男警察）
-ling	der Frühling（春天）
-or ＊表達身分時常用	der Doktor（醫生、博士）

3 星期、月份、四季

der Mittwoch（星期三）
der Juni（六月）
der Sommer（夏天）

4 天氣

der Regen（雨）

der Schnee（雪）

5 方位

der Norden（北方）
der Süden（南方）

6 汽車品牌、火車

der BMW（汽車品牌）
der ICE（德國高速列車）

7 酒類

der Wein（葡萄酒）
der Schnaps（杜松子酒）

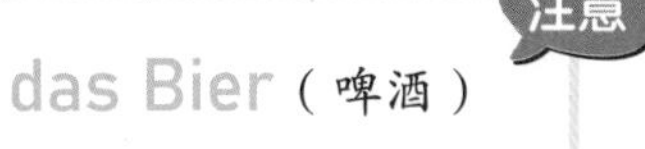

8 礦物岩石

der Rubin（紅寶石）
der Diamant（鑽石）

陰性名詞

被歸納為陰性的名詞單字，大多有以下特點，不過仍會有例外，需要特別注意。

1 女性人物、生物

生物上的

die Frau（女人）
die Mutter（媽媽）
die Henne（母雞）

女性職稱

die Ärztin（女醫生，注意單字變化）
die Architektin（女建築師）

2 花和樹

die Rose（玫瑰） die Tanne（杉樹）

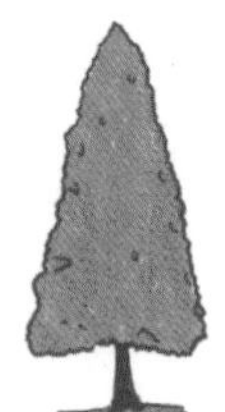

3 船、飛機

die Titanic（鐵達尼號）
die Boeing（波音飛機）

4 當名詞用的數字

die Sieben（這 7 個）

5 字尾

字尾	例字
-e	die Tomate（番茄）
-ei	die Bäckerei（麵包店）
-heit ＊動詞或形容詞名詞化常用	die Freiheit（自由）
-ik	die Musik（音樂）
-in ＊職稱名詞特指女性時常用	die Chefin（女主管）
-ion	die Funktion（功能）
-keit ＊動詞或形容詞名詞化常用	die Süßigkeit（甜點、糖果）
-schaft ＊形容詞名詞化常用	die Freundschaft（友誼）
-tät	die Universität（大學）
-ung	die Zeitung（報紙）
-ur	die Kultur（文化）

中性名詞

被歸納為中性的名詞單字，大多有以下特點，不過仍會有例外，需要特別注意。

1 視為自然、天然的

das Kind（小孩） das Mädchen（小女孩）
das Huhn（雞的統稱）

注意
der Junge（青少年）

2 字尾

字尾	例字
-chen ＊此字尾常表示小的意思	das Würstchen（小香腸）
-eau	das Niveau（等級）
-lein ＊此字尾常表示小的意思	das Fräulein（年輕女子）
-ma	das Thema（主題）
-ment	das Dokument（文件）
-nis	das Verzeichnis（目錄）
-o	das Büro（辦公室）
-um	das Zentrum（中心位置）

3 動詞名詞化

字尾	例字	動詞原形
動詞直接變名詞 字尾 -en	das Lesen（閱讀）	lesen
ge+ 動詞詞根	das Geschenk（禮物）	schenken
動詞詞根 + ing	das Training（訓練）	trainieren

4 形容詞名詞化，特別是顏色名詞

das Gute（好）　das Rote（紅色）

5 語言

das Deutsch（德語）

6 單字字首 Ge 開始

das Gemüse（蔬菜總稱）

7 地理名詞前有形容詞補語時

das schöne Paris（漂亮的巴黎）

複合名詞的詞性

遇到名詞 + 名詞的複合字時，詞性一律變成：

放在後面的名詞單字的詞性

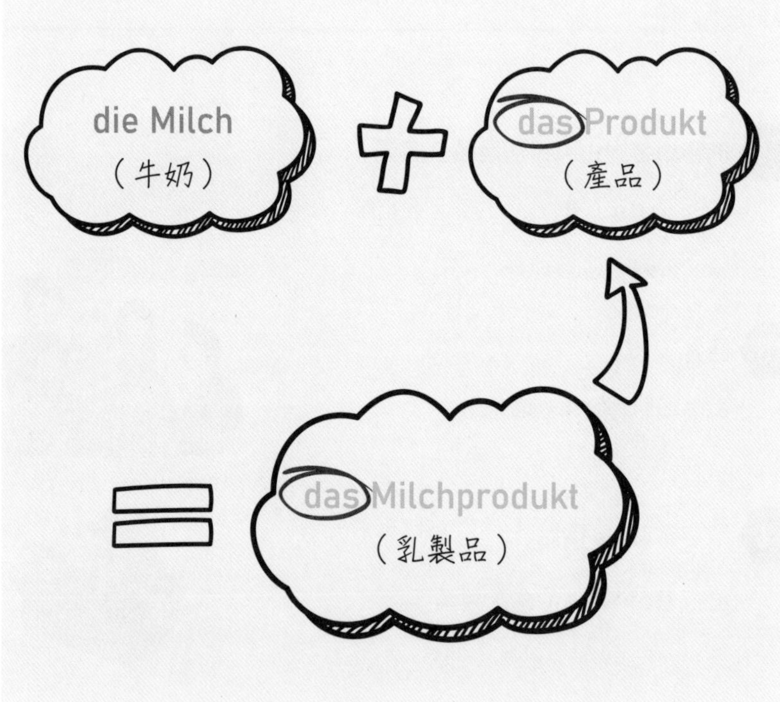

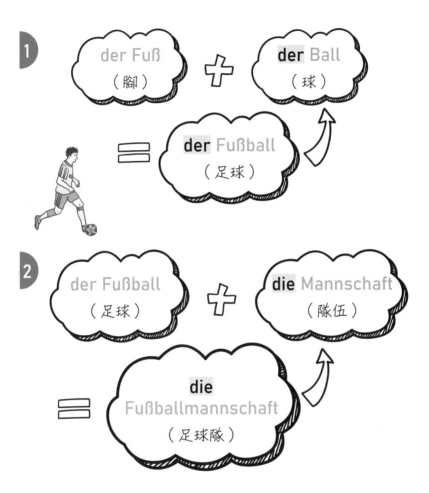

1

der Fuß
（腳）
+
der Ball
（球）
=
der Fußball
（足球）

2

der Fußball
（足球）
+
die Mannschaft
（隊伍）
=
die
Fußballmannschaft
（足球隊）

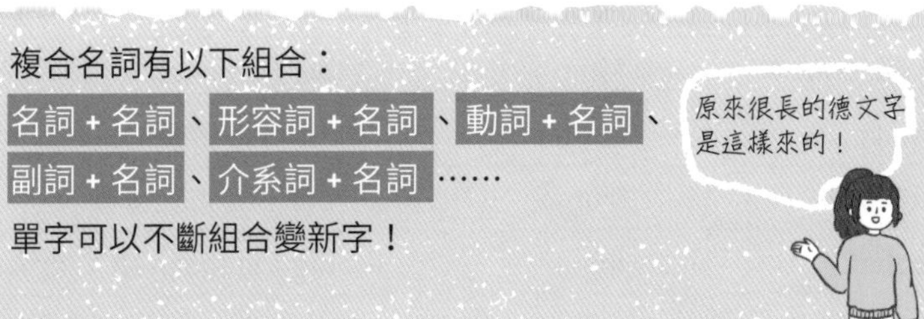

複合名詞有以下組合：

名詞 + 名詞、形容詞 + 名詞、動詞 + 名詞、副詞 + 名詞、介系詞 + 名詞……

單字可以不斷組合變新字！

形容詞和動詞的名詞化

名詞化指的是從形容詞、動詞等其他詞彙，轉化成名詞。

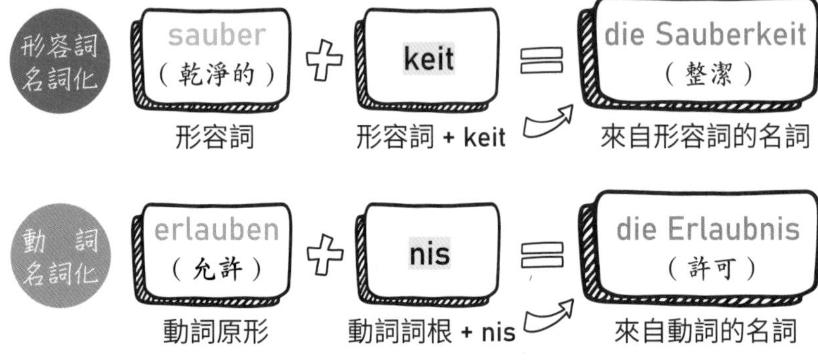

形容詞（含第一分詞、第二分詞）名詞化的做法

1. 字首大寫
2. 原本即是形容詞的單字，例 neu → das Neue，做形容詞字尾變化轉化成名詞
3. 加後綴詞

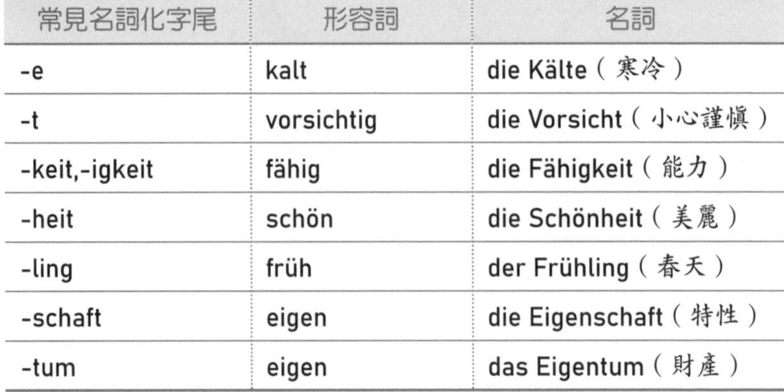

常見名詞化字尾	形容詞	名詞
-e	kalt	die Kälte（寒冷）
-t	vorsichtig	die Vorsicht（小心謹慎）
-keit,-igkeit	fähig	die Fähigkeit（能力）
-heit	schön	die Schönheit（美麗）
-ling	früh	der Frühling（春天）
-schaft	eigen	die Eigenschaft（特性）
-tum	eigen	das Eigentum（財產）

動詞名詞化的做法

	說明	動詞原形	名詞
1	動詞直接變名詞，這類名詞均為中性	lesen	das Lesen（閱讀）
2	去掉字尾 -en	gehen	der Gang（通道、步伐）
3	ge+ 動詞詞根	schenken	das Geschenk（禮物）

4 動詞詞根+後綴詞

動詞詞根 + 名詞化字尾	動詞原形	名詞
-e	bitten	die Bitte（請求）
-ei	backen	die Bäckerei（麵包店）
-er	fahren	der Fahrer（駕駛人）
-ling	flüchten	der Flüchtling（難民）
-ing	trainieren	das Training（訓練）
-nis	erleben	das Erlebnis（經歷）
-tum	wachsen	das Wachstum（成長）
-ung	fordern	die Forderung（要求）

動詞原形字尾	+ 名詞化字尾	動詞原形	名詞
-ieren	-ung	realisieren	die Realisierung（實現）
	-enz	differenzieren	die Differenz（差異）
	-tion	produzieren	die Produktion（製造、產品）
	-ssion	diskutieren	die Diskussion（討論）
	-ion	funktionieren	die Funktion（功能）
	-e	interessieren	das Interesse（興趣）
-igen, -lichen	-ung	beschäftigen	die Beschäftigung（職業、活動）

名詞複數

當單數名詞變成複數時：

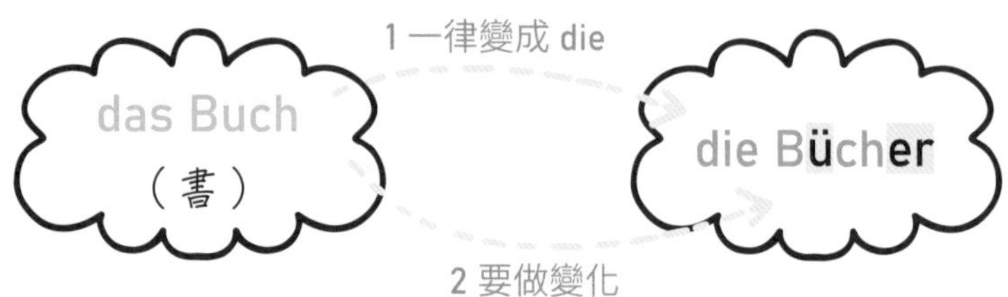

在字典裡標示名詞單字的習慣用法如下：

完整寫法：die Konzerte（音樂會）

由於複數變化規則較多，所以記名詞單字時需要連詞性、複數變化一起背誦，打好文法入門的基礎。

複數變化 - 字尾	說　明	例　字
-e	❶單音節名詞 ❷多音節的陽性名詞	der Fisch → die Fische
¨e	❶有母音 a,o,u ❷陰性名詞居多	die Stadt → die Städte
-en	❶字尾有 -au, -heit, -keit, -ung 居多 ❷母音 a,o,u 不會變音 (ä,ö,ü)	die Wohnung → die Wohnungen

-n	❶字尾有 -e, -el, -er ❷很多陰性名詞 ❸母音 a, o, u 不會變音 (ä, ö, ü)	der Kollege → die Kollegen
-nen	陰性名詞字尾有 -in	die Freundin → die Freundinnen
-er	❶單音節中性名詞 ❷陰性名詞大多不適用	das Kind → die Kinder
¨er	❶有母音 a, o, u 的中性名詞 ❷少數有母音 a, o, u 的陽性名詞 ❸陰性名詞大多不適用	das Buch → die Bücher
-s	❶外來語 ❷字尾有 -a, -i, -o	die Pizza → die Pizzas
-se	中性名詞字尾有 -nis	das Zeugnis → die Zeugnisse
字尾不變	❶字尾有 -chen, -el, -en, -er, -lein ❷有些特別單字雖然字尾不變，但是把母音 a, o, u 改變音 (ä, ö, ü)	das Fräulein → die Fräulein der Apfel → die Äpfel

有些來自拉丁文或希臘文的外來語，變成複數時的拼音變動更大，要特別注意。
das Lexikon → die Lexika
das Museum → die Museen

不可數名詞

有些不可數名詞是單數形式，有些則是複數形式，需要特別注意。

單數形的不可數名詞

抽象事物	das Glück（幸運）
天氣現象	der Regen（雨）
動詞名詞化	das Singen（唱歌）
原料物質	die Milch（牛奶）
是一個群體	das Gemüse（蔬菜）
數量單位	der Kilometer（公里）

複數形的不可數名詞

地理名稱	die Alpen（阿爾卑斯山）
有 2 個人以上	die Leute（人們，不特指某人） die Eltern（父母）
是一個集合體	die Lebensmittel（食物的總稱）
有時間區段的	die Ferien（假期）

名詞的格

德語文法分成四種格，受句子裡的動詞、介系詞、其他名詞影響而變化，是文法重點。

Nominativ (Nom.)	主格；第一格	主詞用法
Akkusativ (Akk.)	受格；第四格	直接受詞，直接接受動作的人事物
Dativ (Dat.)	與格；第三格	間接受詞，間接受到動作的影響
Genitiv (Gen.)	屬格；第二格	附屬於誰的

句子常見同時有 Nominativ、Akkusativ、Dativ，什麼時候是 Akkusativ ？什麼時候是 Dativ ？是學習文法時容易混亂的。

受動詞影響而變化

Der Mann | kauft → | das Buch.
Nominativ主詞 | 動詞在第 2 位 | Akkusativ 直接受詞

（這位男士買了這本書。）

Das Buch | gehört → | dem Mann.
Nominativ主詞 | 動詞在第 2 位 | Dativ 間接受詞

（這本書屬於這位男士。）

Er | gibt → | der Frau | das Buch.
Nominativ主詞 | 動詞在第 2 位 | Dativ 間接受詞 | Akkusativ 直接受詞

（他給這位女士那本書。）

受介系詞影響而變化

Das Buch	ist	für	➡	die Frau.
Nominativ主詞	動詞在第 2 位	介系詞		Akkusativ 直接受詞

（這本書是給這位女士。）

其他名詞影響而變化：Genitiv 用法

Wie	heißt	der Titel	des Buches?
w疑問詞	動詞在第 2 位	Nom. 主詞	Genitiv 屬格

（這本書的書名叫什麼？）

Genitiv 常用句型
口語用法：

名稱後面 +s　　Annas Apfel（Anna 的蘋果）

von（介系詞）+ Dativ　　das Buch von dem Mann（這位男士的書）

★必記重點

背誦陽性、中性、陰性的格變化時，德式習慣以 Nominativ（第一格）→ Akkusativ（第四格）→ Dativ（第三格）的順序背誦。Genitiv（第二格）可排在最後，或單獨記。

Nom.	der	das	die	die（複數）
Akk.	den	das	die	die
Dat.	dem	dem	der	※den -n
Gen.	※des -s	※des -s	der	der

※den-n →表 den+ 字尾 +n ，若複數名詞字尾是 n，則不用再加 n
※des-s → 表 des+ 字尾 +s 或 +es

陽性名詞字尾 n 變化

陽性名詞又細分有陽性第二式名詞，遇到這類名詞，只有 Nominativ 單數不變化，其他格變化時，字尾要加上 -n,-en

	Nom.	Akk.	Dat.	Gen.
單數	der Hase	den Hasen	dem Hasen	des Hasen
複數	die Hasen	die Hasen	den Hasen	der Hasen

⇨ der Hase 複數原本即為 die Hasen

	Nom.	Akk.	Dat.	Gen.
單數	der Student	den Studenten	dem Studenten	des Studenten
複數	die Studenten	die Studenten	den Studenten	der Studenten

⇨ der Student 複數原本即為 die Studenten

陽性第二式名詞常有的特點

大多用於人物、職業身分、國籍、動物

陽性名詞字尾	常見單字
人物、動物 -e	der Affe, der Junge, der Kollege, der Kunde, der Löwe
特例字，Genitiv 還要再加 -s	der Name → des Namens, der Friede → des Friedens, das Herz → des Herzens
國籍人士字尾 -e	der Franzose, der Türke, der Grieche
語源來自拉丁語或希臘語，職業居多 -and,-ant,-at, -ent,-graf,-ist,-oge	der Biologe, der Diplomat, der Fotograf, der Polizist, der Präsident, der Student
人物 -r	der Bauer, der Herr, der Nachbar
其他特別字	der Mensch

常用、不做 n 變化的單字

der Arbeiter	der Autor	der Lehrer
der Professor	der Vetter	der Europäer

表達國籍時，常會使用到名詞字尾 n 變化，需要先辨別出哪些是陽性名詞第二式。區別方式看複數以 -en 或 -n 結尾。

特指男士時

	陽性名詞第一式	陽性名詞第二式：做 n 變化
Nom.	der Spanier	der Franzose
Akk.	den Spanier	den Franzosen
Dat.	dem Spanier	dem Franzosen
Gen.	des Spaniers	des Franzosen
例字	der Engländer, der Italiener, der Schweizer	der Portugiese, der Russe, der Türke

⇨ 表達女性時，字尾都是 -in/-nen
例字：die Spanierin/-nen ; die Französin/-nen

⇨ 特別注意：der/die Deutsche/-n 德國男人、女人的名詞單字和複數變化一樣，只有詞性不同。

特例字

單數 Genitiv 要加 -ns

	Nom.	Akk.	Dat.	Gen.
單數	der Name	den Namen	dem Namen	des Namens
複數	die Namen	die Namen	den Namen	der Namen

⇨ der Name 複數原本即為 die Namen

其他單數 Genitiv 要加 -ns 例字：
der Buchstabe　der Friede　der Gedanke

特例字

唯一中性名詞，請注意 Akkusativ、Genitiv 字尾變化

	Nom.	Akk.	Dat.	Gen.
單數	das Herz	das Herz	dem Herzen	des Herzens
複數	die Herzen	die Herzen	den Herzen	der Herzen

常見名詞字尾 n 變化單字

1. 標示 * 單字，屬格的字尾加 -ns
2. 標示 # 單字，單數字尾加 -n、複數字尾加 -en

A	Absolvent	Affe	Agent	Architekt	Assistent	Automat	
B	Bauer	Beamte	Biologe	Bote	Brite	*Buchstabe	Bulgare
	Bulle	Bursche	Bär		Bürokrat		
C	Christ	Chinese					
D	Deutsche	Demagoge	Demokrat	Demonstrant	Diamant	Diplomat	Doktorand
	Dozent	Däne					
E	Elefant	Emigrant	Erbe	Experte			
F	Finne	Fotograf	Franzose	*Friede	Fürst		
G	*Gedanke	Gefährte	Genosse	*Glaube	Graf	Grieche	
H	Hase	Held	Heide	#Herr	das Herz	Hirte	
I	Idealist	Insasse	Ire				
J	Journalist	Jude	Junge				
K	Kamerad	Kapitalist	Katholik	Kollege	Konsument	Kommunist	Kunde

L	Laie	Lieferant	Lotse	Löwe			
M	Mensch	Monarch	Musikant				
N	Nachbar	Nachkomme	*Name	Narr		Neffe	
O	Ochse	Optimist					
P	Pate	Patient	Philosoph	Pole	Polizist	Portugiese	Praktikant
	Prinz	Produzent	Präsident	Pädagoge			
R	Rabe	Realist	Rebell	Riese	Rumäne	Russe	
S	Satellit	Schotte	Schwede	Seismograph	Sklave	Slowake	Soldat
	Sozialist	Student					
T	Taiwanese	Terrorist	Tourist	Tscheche	Türke		
Z	Zeuge						

重點複習
Die Wiederholung

名詞詞性速記

陽性名詞

1. 男性人物、生物
2. 字尾：-er, -en, -ich, -ig, -ismus, -ist, -ling, -or
3. 星期、月份、四季
4. 天氣
5. 方位
6. 汽車品牌、火車
7. 酒類
8. 礦物岩石

陰性名詞

1. 女性人物、生物
2. 花、樹
3. 船、飛機
4. 字尾：-e, -ei, -heit, -ik, -in, -ion, -keit, -schaft, -tät, -ung, -ur
5. 當名詞用的數字

中性名詞

1. 視為自然、天然的人事物
2. 字尾：-chen, -eau, -lein, -ma, -ment, -nis, -o, -um
3. 動詞名詞化字尾： -en, -ing
4. 形容詞名詞化，特別是顏色名詞
5. 語言
6. 單字字首 Ge 開始
7. 地理名詞前有形容詞補語時

名詞複數變化規則

複數變化 - 字尾	說明
-e	1. 單音節名詞 2. 多音節的陽性名詞
¨e	1. 有母音 a,o,u 2. 陰性名詞居多
-en	1. 字尾有 -au, -heit, -keit, -ung 居多 2. 母音 a,o,u 不會變音 (ä,ö,ü)
-n	1. 字尾是 -e, -el, -er 2. 很多陰性名詞 3. 母音 a,o,u 不會變音 (ä,ö,ü)
-nen	陰性名詞字尾是 -in
-er	1. 單音節中性名詞 2. 陰性名詞大多不適用
¨er	1. 有母音 a,o,u 的中性名詞 2. 少數有母音 a,o,u 的陽性名詞 3. 陰性名詞大多不適用
-s	1. 外來語 2. 字尾是 -a, -i, -o
-se	中性名詞字尾是 -nls
字尾不變	1. 字尾有 -chen, -el, -en, -er, -lein 2. 有些特別單字雖然字尾不變，但是把母音 a,o,u 改變音 (ä,ö,ü)

不可數名詞

單數形的不可數名詞

抽象事物
天氣現象
動詞名詞化
原料物質
是一個群體
數量單位

複數形的不可數名詞

地理名稱
有 2 個人以上
是一個集合體
有時間區段的

名詞的格變化

Nominativ	der	das	die	die（複數）
Akkusativ	den	das	die	die
Dativ	dem	dem	der	den -n
Genitiv	des -s	des -s	der	der

陽性第二式名詞字尾 n 變化

	Nom.	Akk.	Dat.	Gen.
單數	der	den -n ; -en	dem -n ; -en	des -n ; -en ; -ns
複數	die -n ; -en	die -n ; -en	den -n ; -en	der -n ; -en

常見名詞字尾 n 變化單字

1 字尾

-e, -and, -ant, -at, -ent, -graf, -ist, -oge, -r

2 特例字：單數 Genitiv 加 -ns

der Name, der Friede

3 特例字：單數加 -n、複數加 -en

der Herr

4 唯一中性名詞：Akkusativ 字尾不變化、Genitiv 加 -ns

das Herz

練習 1 Die Übungen

請根據每張圖片，在空格處分別寫下名詞詞性、複數單字變化。

❶ 

_______ Mann、die _______

❷ 

_______ Frau、die _______

❸ 

_______ Baby、die _______

❹ 

_______ Katze、die _______

❺ 

_______ Auto、die _______

❻ ______ Fahrrad、die ______

❼ ______ Anzug、die ______

❽ ______ Bär、die ______

❾ ______ Apfel、die ______

❿ ______ Blume、die ______

解答在 Seite 332

der Hund 狗
eine Biene 蜜蜂
ein Mann 男人
ein Schmetterling 蝴蝶

ein Vogel 鳥
die Frau 女人
das Eichhörnchen 松鼠
3
冠詞
Der Artikel
das Mädchen 女孩

冠詞

冠詞放在名詞之前，和名詞連用。冠詞的功能在於表達名詞的詞性、單複數、格的變化。

定冠詞

定冠詞：指限定的人事物。
例如：這部電影、那本書、這份報紙

格	陽性	中性	陰性	複數
Nom.	der Film（影片）	das Buch（書）	die Zeitung（報紙）	die Stifte（鉛筆）
Akk.	den Film	das Buch	die Zeitung	die Stifte
Dat.	dem Film	dem Buch	der Zeitung	※den Stiften
Gen.	※des Films	※des Buches	der Zeitung	der Stifte

※ 陽性、中性名詞在 Genitiv 變格時，需加 -s。名詞字尾 -n、單音節名詞，為配合發音，字尾會加 -es，例字：des Mannes, des Brotes

※ 複數名詞 Dativ 變格時，名詞字尾加 -n，若複數名詞字尾是 -n 或 -s，則不用再加 -n

不定冠詞

不定冠詞：不特定指哪個人事物。
例如：一個櫃子、一扇窗、一道門

格	陽性	中性	陰性	複數
Nom.	ein Schrank（櫃子）	ein Fenster（窗户）	eine Tür（門）	Tische（桌子）
Akk.	einen Schrank	ein Fenster	eine Tür	Tische
Dat.	einem Schrank	einem Fenster	einer Tür	Tischen
Gen.	eines Schranks	eines Fensters	einer Tür	---

無冠詞

不需加冠詞的名詞。

❶不定冠詞的複數用法

單數用法

Auf dem Tisch liegt ein Apfel.（桌上放了一顆蘋果。）

複數用法

Auf dem Tisch liegen Äpfel.（桌上放了蘋果。）

❷人名、稱呼、公司名

Herr Hoffmann arbeitet bei Bayer.（霍夫曼先生在拜耳公司工作。）

❸表示職業名稱、信仰教徒

Paul arbeitet als Lehrer. Er ist Christ.
（保羅是老師。他是基督教徒。）

❹表示國籍、城市名、來自某國或地區人士、語言

Er kommt aus Paris. Er ist Franzose.
（他來自巴黎。他是法國人。）

❺抽象名詞

Mein Bruder hat Angst vor Spinnen.（我兄弟怕蜘蛛。）

❻不可數名詞

Ich mag Schokolade.（我喜歡巧克力。）

❼重量、長度

zwei Kilo Kartoffeln.（2 公斤馬鈴薯）

❽原料、材料

Der Ring ist aus Gold.（這只戒指是金的。）

❾病名、痛症

Ich trinke Kaffee, wenn ich Kopfschmerzen habe.
（當我頭痛時喝咖啡。）

❿習慣用法

1 列舉多項名詞時
2 學科項目
3 廣告用語
4 和介系詞 mit,ohne,zu 連用時有些習慣用法
Kinder schreiben mit Bleistift.（孩子們用鉛筆寫字。）

否定用的冠詞

用於否定的情況，放在不定冠詞名詞、無冠詞名詞之前，需做格變化。

格	陽性	中性	陰性	複數
Nom.	kein Schrank	kein Fenster	keine Tür	keine Tische
Akk.	keinen Schrank	kein Fenster	keine Tür	keine Tische
Dat.	keinem Schrank	keinem Fenster	keiner Tür	keinen Tischen
Gen.	keines Schranks	keines Fensters	keiner Tür	keiner Tische

否定用法

德語的否定詞 kein、nicht，雖然兩者都可表達「沒有」、「不是」的意思，有時兩者皆可使用，但造句時仍有不同的限制與做法。

kein	nicht
只能否定名詞，否定帶不定冠詞名詞、無冠詞名詞。需做格變化。	放在否定的事物前，可放在句首、句中、句末，所以可以否定全句子，也可以否定句子其中一部分。不需做格變化。
放在名詞之前，取代不定冠詞	否定帶定冠詞名詞、所有格名詞
Ich esse einen Kuchen. （我吃了一塊蛋糕） ▼ Ich esse keinen Kuchen. （我不吃蛋糕）	Ich esse den Kuchen. （我吃了這塊蛋糕） ▼ Ich esse nicht den Kuchen. （我沒有吃這塊蛋糕）
習慣不用冠詞的名詞、片語	否定動作本身，若是習慣不用冠詞的名詞，也可使用
Ich spiele keine Gitarre. （我沒有彈吉他）	Ich spiele nicht Gitarre. （我不彈吉他）
用於沒有冠詞的單數不可數名詞、複數名詞	放在否定的事物前：否定形容詞、副詞、介系詞
Ich habe kein Geld. （我沒有錢）	Guter Rat ist nicht teuer. （好的建議並不昂貴）

（※ 下頁接續 nicht 說明）

句子中有分離動詞或兩個動詞時，放在倒數第 2 位置

Ich komme nicht mit.（我沒有一起去）

放在句末，否定全句

Ich kenne ihn nicht.（我不認識他）

部分否定：
「不是……而是」nicht……sondern

Ich esse nicht Kuchen sondern Brot.
（我不是吃蛋糕，而是吃麵包）

其他否定詞用法

本身具有否定字義的詞	字義
überhaupt nicht	強調語氣，完全不
gar kein-	強調語氣，完全沒有
keiner	沒有一個人
nichts	什麼都沒有
niemand	沒有人
nie/niemals	從未
keineswegs	決不、完全不
nirgends	哪裡都不
weder A noch B	既不 A 也不 B
noch+ 表示否定的詞	還沒有
表示否定的詞 +mehr	不再

定冠詞變化

格	陽性	中性	陰性	複數
Nom.	der	das	die	die
Akk.	den	das	die	die
Dat.	dem	dem	der	den -n
Gen.	des -s	des -s	der	der

不定冠詞變化

格	陽性	中性	陰性	複數
Nom.	ein	ein	eine	---
Akk.	einen	ein	eine	---
Dat.	einem	einem	einer	---
Gen.	eines -s	eines -s	einer	---

↓ 無複數形

不需加冠詞的名詞

- 不定冠詞的複數用法
- 人名、稱呼、公司名
- 職業名稱、信仰教徒
- 不可數名詞

抽象名詞

重量、長度

原料、材料

病名、痛症

國籍、城市名、來自某國或地區人士、語言

習慣用法，以及常和介系詞 mit, ohne, zu 連用的習慣用法

否定用法

格	陽性	中性	陰性	複數
Nom.	kein	kein	keine	keine
Akk.	keinen	kein	keine	keine
Dat.	keinem	keinem	keiner	keinen -n
Gen.	keines -s	Keines -s	keiner	keiner

kein 和 nicht 用法

kein	nicht
不定冠詞的否定用法	放在定冠詞之前
習慣不用冠詞的名詞、片語	放在動詞後面
用於沒有冠詞的單數不可數名詞、複數名詞	「不是……而是」用法：nicht……sondern

練習 2 Die Übungen

A 填空：請依照空格字母，填入定冠詞 **der / das / die** 或不定冠詞 **ein/ ein /eine**，以及相對應的格變化。

格	陽性	中性	陰性	複數
Nom.	der Mantel	ein Buch	die Blume	die Stifte
Akk.	d Mantel	e Buch	e Blume	d Stifte
Dat.	d Mantel	e Buch	d Blume	d Stifte
Gen.	ein Mantel	d Buch	e Blume	d Stifte

B 請圈選出正確答案。

1. Haben Sie Kinder?
   -Wir haben leider kein / einem / keine Kinder.

2. Was hast du heute zu Mittag gegessen?
   -Nichts. Ich hatte eine / keine / nicht Zeit.

3. Kannst du Gitarre spielen?
   -Nein, ich kann eine / nicht / --- Gitarre spielen.

4. Wo ist ein Stift?
   -Hier sind eine / --- / keine Stifte.

5. Kannst du mir ein / eines / eine wenig Geld leihen?

解答在 Seite 332

Er hat es für uns gespielt.

4 代名詞 I
Das Pronomen I

人稱代名詞

單數

ich	⇠ 我		我的 ⇢	mein
du	⇠ 你		你的 ⇢	dein
er	⇠ 他		他的 ⇢	sein
es	⇠ 他、它 [中性的人事物，例如小孩、天氣]		他(它)的 ⇢	sein
sie	⇠ 她		她的 ⇢	ihr

複數

wir	⇠ 我們		我們的 ⇢	unser
ihr	⇠ 你們		你們的 ⇢	euer
sie	⇠ 他(她/它)們		他(她/它)們的 ⇢	ihr
Sie	⇠ 您、您們 [尊稱單複數]		您的、您們的 ⇢	Ihr

人稱代名詞變格

單數

格	第 1 人稱	第 2 人稱	第 3 人稱		
Nom.	ich	du	er	es	sie
Akk.	mich	dich	ihn	es	sie
Dat.	mir	dir	ihm	ihm	ihr
Gen.	meiner	deiner	seiner	seiner	ihrer

複數

格	第 1 人稱	第 2 人稱	第 3 人稱	尊稱（單複數相同）
Nom.	wir	ihr	sie	Sie
Akk.	uns	euch	sie	Sie
Dat.	uns	euch	ihnen	Ihnen
Gen.	unser	euer	ihrer	Ihrer

※ 人稱代名詞第二格 Genitiv 較少使用

Sie gibt (ihm / ihr / ihm) einen Kuchen.

（她給了（他 / 她 / 他）一塊蛋糕。）

所有格代名詞

以代名詞來表示此特定人事物，是屬於某人事物的，例如：我的、你的、他的。

der Lehrer → mein Lehrer
（我的老師。）
das Auto → dein Auto
（你的車子。）
die Schülerin → seine Schülerin
（他的女學生。）

表示所有時，依接續的名詞詞性，需做字尾變化。

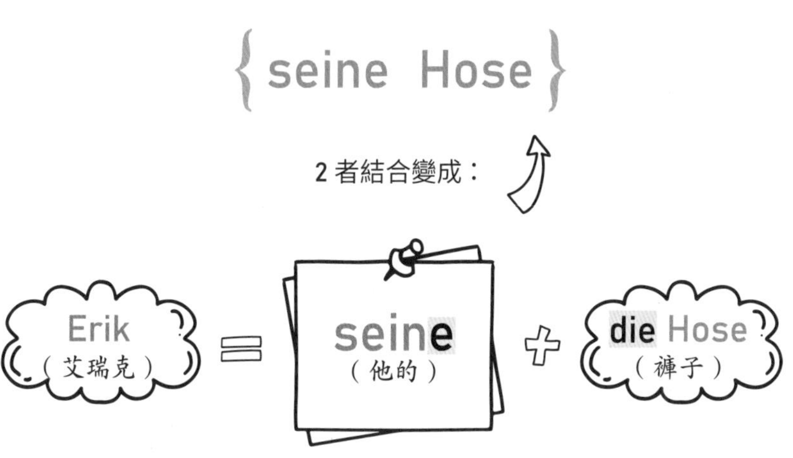

主格用法：只有接陰性名詞，其所有格要變化字尾。

Nom.	陽性	中性	陰性
ich	mein	mein	meine
du	dein	dein	deine
er/es	sein	sein	seine
sie（她）	ihr	ihr	ihre
wir	unser	unser	unsere
ihr	euer	euer	eure
Sie（您尊稱單複數）	Ihr	Ihr	Ihre
sie（他們）	ihr	ihr	ihre

所有格冠詞

單數

格	陽性	中性	陰性	複數
Nom.	mein	mein	meine	meine
Akk.	meinen	mein	meine	meine
Dat.	meinem	meinem	meiner	meinen
Gen.	meines	meines	meiner	meiner

⇨ 其他人稱代名詞的所有格變化（字尾變化），和此表相同：
dein- , sein- , ihr- , unser- , Ihr-

複數

格	陽性	中性	陰性	複數
Nom.	euer	euer	eure	eure
Akk.	euren	euer	eure	eure
Dat.	eurem	eurem	eurer	euren
Gen.	eures	eures	eurer	eurer

注意 *euer* 的拼字變化

省略名詞的用法

使用所有格時，口語常有省略名詞的情況：

der Ball → mein Ball（我的球） → meiner

das Auto → dein Auto（你的車子） → deins

die Tasse → seine Tasse（他的杯子） → seine

所有格代名詞變化

格	陽性	中性	陰性	複數
Nom.	meiner	mein(e)s	meine	meine
Akk.	meinen	mein(e)s	meine	meine
Dat.	meinem	meinem	meiner	meinen
Gen.	meines	meines	meiner	meiner

使用所有格代名詞 Genitiv 時，口語常改用 von + Dativ

Genitiv　Das Fahrrad meiner Tochter
（我女兒的腳踏車）

Dativ　Das Fahrrad von meiner Tochter

指示代名詞

句子裡指特定的人事物，意思是「這個」，也不需重複同一名詞，可使用 der / die / das 做變化。其變化規則和定冠詞變化大部分相同，請把其他不同處特別記起來吧。

例句：

Hast du meinen Koffer gesehen?
–Nein, **den** habe ich nicht gesehen.
（你有看到我的行李箱嗎？ –沒有，我沒看到它。）

	陽性	中性	陰性	複數
Nom.	der	das	die	die
Akk.	den	das	die	die
Dat.	dem	dem	der	**denen**
Gen.	**dessen**	**dessen**	**deren**	**deren/derer**

es / das 代名詞

使用 es 做代名詞，常見以下情形：

1 代替中性名詞 (Nominativ / Akkusativ)	Wo ist das Buch? -Es liegt auf dem Tisch.（書在哪裡？ －在桌上。）
2 代替前面句子說的主題，但不能放第一位	Wo bist du? -Ich weiß es nicht.（你在哪裡？ －我不知道。）
3 當主詞 + 動詞：形容天氣	Es regnet.（下雨了。）
4 當主詞 + 動詞：形容聲音	Es klingelt.（～響了，例如：電話響了。）
5 當主詞 + 動詞：形容感覺	Es tut weh.（好痛！）
6 在無法抗拒的情況時	Ich habe es eilig.（我很趕！）
7 常做時間主詞	Wie viel Uhr ist es? -Es ist eins.（現在幾點？ －一點。）
8 敘述時做為主詞	Es gibt viele Leute.（有很多人。）

使用 das 做代名詞：

1 強調想表達的事	Ist Xiaoming Ihr Familienname? -Nein, das ist mein Vorname.（小明是您的姓？ －不是，那是我的名字。）
2 用於句首，代替前面句子說的事	Wir möchten euch mal zum Essen einladen. -Das ist nett von euch.（我們想請你們吃飯。 －你們人真好！）

指示代名詞

dieser　dieses　diese

jener　jenes　jene

特指人事物時，常會同時用到指示代名詞和冠詞，幸好這兩者的格變化相同。以和說話者的距離來使用 **dies-**（這個）、**jen-**（那個）。

例句：

Wie findest du **diesen** Tisch?

Jenen aus Holz finde ich besser.

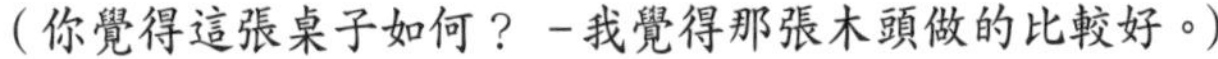

（你覺得這張桌子如何？－我覺得那張木頭做的比較好。）

格	陽性		中性		陰性		複數	
Nom.	dies**er**	jen**er**	dies**es**	jen**es**	dies**e**	jen**e**	dies**e**	jen**e**
Akk.	dies**en**	jen**en**	dies**es**	jen**es**	dies**e**	jen**e**	dies**e**	jen**e**
Dat.	dies**em**	jen**em**	dies**em**	jen**em**	dies**er**	jen**er**	dies**en**	jen**en**
Gen.	dies**es**	jen**es**	dies**es**	jen**es**	dies**er**	jen**er**	dies**er**	jen**er**

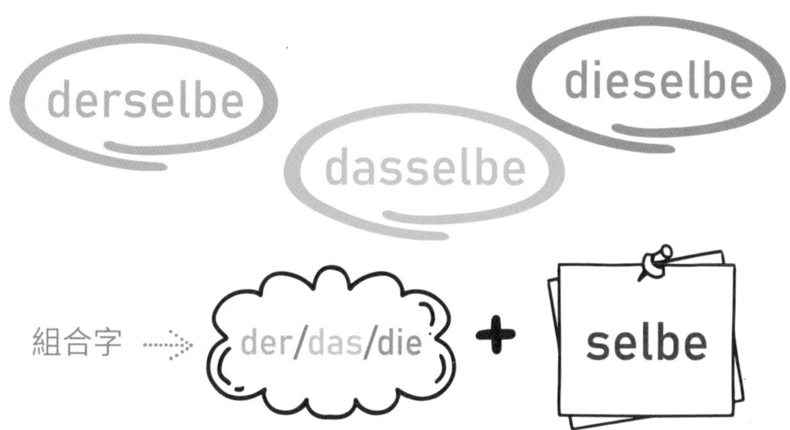

意思是「同一個」。指後面說到的人事物，和前面說的是同一個。這個單字和 **gleiche**（相同）意思相近，但又不同，請參見例句用法。

例句：

Anna trägt **dieselbe** Bluse wie am Vortag.（安娜穿著和前天同一件襯衫。）

Lisa kauft sich **die gleiche** Bluse wie Anna.（麗莎買了和安娜相同的襯衫。）

	陽性	中性	陰性	複數
Nom.	derselbe	dasselbe	dieselbe	dieselben
Akk.	denselben	dasselbe	dieselbe	dieselben
Dat.	demselben	demselben	derselben	denselben
Gen.	desselben	desselben	derselben	derselben

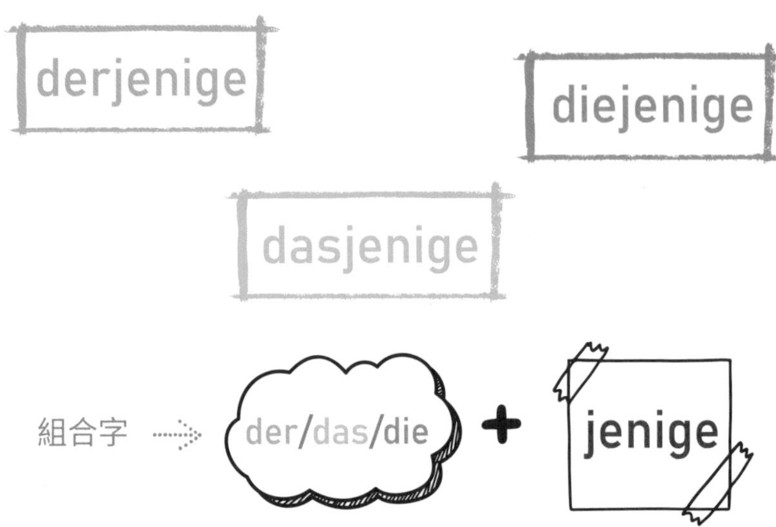

意思是「這一個」、「那一個」、「這些」、「那些」。
使用這個字時，後面需接關係子句輔助說明。

例句：

Ich arbeite mit **denjenigen**,
die sehr gut Deutsch sprechen.
（我和那些德語說得很好的人工作。）

	陽性	中性	陰性	複數
Nom.	derjenige	dasjenige	diejenige	diejenigen
Akk.	denjenigen	dasjenige	diejenige	diejenigen
Dat.	demjenigen	demjenigen	derjenigen	denjenigen
Gen.	desjenigen	desjenigen	derjenigen	derjenigen

solcher solches solche

1 意思是「這類的」、「那種的」，指同類型的人事物。solch- 之前可搭配不定冠詞。

例句：solcher Mantel（這類長大衣）
solches Abendkleid（這種晚禮服）
solche Socken（這些襪子）

2 可表示強度。

例句：Ich habe solchen Hunger.（我超餓的。）

3 solch 之後放不定冠詞時，不必變化：solch ein / solch ein / solch eine。例句：

Solch ein einfaches Rezept.（如此簡單的食譜。）

口語常常用 so 取代 solch：so ein / so ein / so eine。 例句：

Es ist so ein einfaches Rezept.（這是一個超簡單的食譜。）

格	陽性		中性		陰性		複數
Nom.	solch**er**	ein solch**er**	solch**es**	ein solch**es**	solch**e**	eine solch**e**	solch**e**
Akk.	solch**en**	einen solch**en**	solch**es**	ein solch**es**	solch**e**	eine solch**e**	solch**e**
Dat.	solch**em**	einem solch**en**	solch**em**	einem solch**en**	solch**er**	einer solch**en**	solch**en**
Gen.	solch**es**	eines solch**en**	solch**es**	eines solch**en**	solch**er**	einer solch**en**	solch**er**

人稱代名詞

人稱	Nom.	Akk.	Dat.
我	ich	mich	mir
你	du	dich	dir
他	er	ihn	ihm
他、它	es	es	ihm
她	sie	sie	ihr
我們	wir	uns	uns
你們	ihr	euch	euch
他們	sie	sie	ihnen
尊稱（單複數相同）	Sie	Sie	Ihnen

※ 人稱代名詞很少用第二格 Genitiv

所有格 + 名詞

單數

格	陽性	中性	陰性	複數
Nom.	mein Anzug	mein Kleid	meine Hose	meine Schuhe
Akk.	meinen Anzug	mein Kleid	meine Hose	meine Schuhe
Dat.	meinem Anzug	meinem Kleid	meiner Hose	meinen Schuhen
Gen.	meines Anzuges	meines Kleides	meiner Hose	meiner Schuhe

※ 其他人稱代名詞的所有格變化 (字尾變化)，和此表相同：
dein- , sein- , ihr- , unser- , Ihr-

複數

格	陽性	中性	陰性	複數
Nom.	euer Anzug	euer Kleid	eure Hose	eure Schuhe
Akk.	euren Anzug	euer Kleid	eure Hose	eure Schuhe
Dat.	eurem Anzug	eurem Kleid	eurer Hose	euren Schuhen
Gen.	eures Anzuges	eures Kleides	errer Hose	eurer Schuhe

所有格代名詞變化：不加名詞

格	陽性	中性	陰性	複數
Nom.	meiner	mein(e)s	meine	meine
Akk.	meinen	mein(e)s	meine	meine
Dat.	meinem	meinem	meiner	meinen
Gen.	meines	meines	meiner	meiner

指示代名詞字義

der das die	這個、那個
dieser dieses diese	距離說話者近的，這個
jener jenes jene	距離說話者遠的，那個
es / das	敘述事實時的主詞、強調的主詞
derselbe dasselbe dieselbe	同一個、同一件
derjenige dasjenige diejenige	需接關係子句，這個、這些
solcher solches solche ein solcher ein solches eine solche	這一類的、這一種的

指示代名詞 der das die

格	陽性	中性	陰性	複數
Nom.	der	das	die	die
Akk.	den	das	die	die
Dat.	dem	dem	der	**denen**
Gen.	**dessen**	**dessen**	**deren**	**deren / derer**

指示代名詞 dieser dieses diese / jener jenes jene

格	陽性		中性		陰性		複數	
Nom.	dies**er**	jen**er**	dies**es**	jen**es**	dies**e**	jen**e**	dies**e**	jen**e**
Akk.	dies**en**	jen**en**	dies**es**	jen**es**	dies**e**	jen**e**	dies**e**	jen**e**
Dat.	dies**em**	jen**em**	dies**em**	jen**em**	dies**er**	jen**er**	dies**en**	jen**en**
Gen.	dies**es**	jen**es**	dies**es**	jen**es**	dies**er**	jen**er**	dies**er**	jen**er**

es / das 代名詞

es 做代名詞	das 做代名詞
1 代替中性名詞 (Nominativ / Akkusativ)	1 強調想表達的事
2 代替前面句子說的主題，但不能放第一位	2 用於句首，代替前面句子說的事
3 當主詞 + 動詞：形容天氣	
4 當主詞 + 動詞：形容聲音	
5 當主詞 + 動詞：形容感覺	
6 在無法抗拒的情況時	
7 常做時間主詞	
8 敘述時做為主詞	

derselbe dasselbe dieselbe / derjenige dasjenige diejenige

字首	字幹	字尾
der	selb jenig	e
das		e
die		e

格	陽性	中性	陰性	複數
Nominativ	der--**e**	das--**e**	die--**e**	die--**en**
Akkusativ	den--**en**	das--**e**	die--**e**	die--**en**
Dativ	dem--**en**	dem--**en**	der--**en**	den--**en**
Genitiv	des--**en**	des--**en**	der--**en**	der--**en**

指示代名詞 solcher solches solche

格	陽性		中性		陰性		複數
Nom.	solch**er**	ein solch**er**	solch**es**	ein solch**es**	solch**e**	eine solch**e**	solch**e**
Akk.	solch**en**	einen solch**en**	solch**es**	ein solch**es**	solch**e**	eine solch**e**	solch**e**
Dat.	solch**em**	einem solch**en**	solch**em**	einem solch**en**	solch**er**	einer solch**en**	solch**en**
Gen.	solch**es**	eines solch**en**	solch**es**	eines solch**en**	solch**er**	einer solch**en**	solch**er**

練習 3 Die Übungen

A 填空：根據題目和例句，回答人稱代名詞的 Akkusativ 和 Dativ。

題目	Für wen ist das T-shirt? （這件 T-shirt 是給誰的？）	Wem gehört die Jacke? （那是誰的夾克？）
ich	回答例句：Für mich.	回答例句：Mir!
1.Emilia	Für	
2.du	Für	
3.ihr	Für	
4.Louis	Für	
5.wir	Für	
6.Elias und Emilia	Für	

B 請根據題目指示，完成所有格冠詞、所有格代名詞。

※ 格變化簡寫：Nominativ(Nom.) / Akkusativ(Akk.) / Dativ(Dat.) / Genitiv(Gen.)

die Hose, -n（褲子）

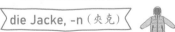

der Anzug, Anzüge（西裝）

der Hut, Hüte（帽子）

das Kleid,-er（連身洋裝）

die Jacke, -n（夾克）

der Schal,-s（圍巾）

der Handschuh, -e（手套）

題目	所有格冠詞	所有格代名詞
例句：我的毛衣 (Nom.)	mein Pullover	meiner
1 你的洋裝 (Nom.)		
2 他的褲子 (Akk.)		
3 他們的帽子 (Nom.)		
4 她的圍巾 (Gen.)		
5 你們的手套 (Dat.)		
6 你的西裝 (Gen.)		
7 我的夾克 (Akk.)		

C 選出正確答案。

1. Welche Schuhe findest du besser? Diese/dieser/diesen oder jene/jener/jenen?
2. Kennen Sie dieser/jene/dieselbe Frau da?
   -Welche? Jener/Die/Diesen mit den roten Haaren?
3. Herr Fischer trägt seit Monaten denjenigen/dasselbe/dieses Hemd.
4. Ich möchte denjenigen/das/dieselben danken, die/das/den mich unterstützt haben.
5. Was möchten Sie?
   -Ich hätte gern ein solches/dieses/das Kleid.
6. Ich hätte gern ein Stück Käse von diesem/dieselben/solchem hier.

解答在 Seite 333

Niemand sieht mich kommen......

5 代名詞 II

Das Pronomen II

不定代名詞

不定代名詞用在：
1. 不特意指哪個人事物時。
2. 前面已提過的，不需再重複相同名詞。

不定代名詞又分 3 大組：

01 格變化相同

einer eins eine
keiner keins keine
jeder jedes jede
alle all-
manch-
welch-

viele
wenige
einige
andere
einzelne
etliche
mehrere

02 有個別的格變化

jemand niemand
irgendein-
irgendwer
man

03 不用格變化

ein paar ein bisschen ein wenig
etwas irgendetwas nichts

01 格變化相同

einer

eins

eine

字義：一些人或一些東西當中的一個。
沒有複數形單字，這時用 **welch-** 替代。

例句：

Hast du auch ein Abendkleid?
-Ja, ich habe **ein(e)s**.
（你也有晚禮服嗎？－是的，我有一件。）

格	陽性	中性	陰性	複數
Nom.	ein**er**	ein**(e)s**	ein**e**	welch**e**
Akk.	ein**en**	ein**(e)s**	ein**e**	welch**e**
Dat.	ein**em**	ein**em**	ein**er**	welch**en**
Gen.	ein**es**	ein**es**	ein**er**	welch**er**

字義：沒有。

例句：

Hast du auch ein Abendkleid?
-Nein, ich habe **kein(e)s**.
（你也有晚禮服嗎？ －不，我沒有。）

格	陽性	中性	陰性	複數
Nom.	kein**er**	kein**(e)s**	kein**e**	kein**e**
Akk.	kein**en**	kein**(e)s**	kein**e**	kein**e**
Dat.	kein**em**	kein**em**	kein**er**	kein**en**
Gen.	kein**es**	kein**es**	kein**er**	kein**er**

字義：jed-（每一），單數形，接動詞時要用第三人稱變化。
複數時使用 all-（所有的）。

例句：

Jeder (Mensch) ist anders.
（每個人是不同的。）

格	陽性	中性	陰性	複數
Nom.	jed**er**	jed**es**	jed**e**	all**e**
Akk.	jed**en**	jed**es**	jed**e**	all**e**
Dat.	jed**em**	jed**em**	jed**er**	all**en**
Gen.	jed**es**	jed**es**	jed**er**	all**er**

alle　　all-

alle 字義：用複數形時，表示全部的人或事物。

例句：Alle haben Abendkleider.（所有人都有晚禮服。）

all- 字義：單數形用在抽象事物。

例句：Ende gut, alles gut.（結局好，一切都好。※ 諺語）

01 | 格變化相同

viele	字義：很多，指數量很大的，但並不是全部。常使用複數形。 例句： **Viele** haben im letzten Jahr auf Urlaub verzichtet. （許多人去年放棄休假。）
wenige	字義：少數幾個、少少的。常使用複數形。 例句： Professor Müller hat es mit **wenigen** Worten erklärt. （Müller 教授簡短地解釋了這一點。）
einige	字義：單數形指少許、一些個，複數形指好幾個、若干。 例句： Vielleicht hat er **einige** Erfahrung in der Pädagogik. （也許他在教育方面有些經驗。）
manch-	字義：有些人、有些事。
andere	字義：不同的、其他的、另外的
einzelne	字義：單一的、個別的
etliche	字義：少量、一些，或強調口氣，指相當多。

注意用法

mehrere	字義：好幾個、好些，只有複數形。 例句： **Mehrere** von ihnen kommen aus Deutschland. （他們當中有些人來自德國。）
welch-	字義：替代前面說過的，數量不定。 這個單字較常用於疑問代名詞。 例句： Hast du noch Äpfel? -Ja, ich habe **welche**. （你還有蘋果嗎？－是的，我還有一些。）

02 有個別的格變化

jemand　　niemand

jemand 字義：有人、某人，只有單數形。

niemand 字義：沒人，只有單數形。

※Akkusativ、Dativ 字尾變化 -en/-em 可省略。

格	jemand	niemand
Nom.	jemand	niemand
Akk.	jemand**en**	niemand**en**
Dat.	jemand**em**	niemand**em**
Gen.	jemand**es**	niemand**es**

irgendein-

irgend 原本就有「任何的」意思，irgendein 有強調「不知是哪一個」之意。

複數形單字用 irgendwelche

例句：Irgendein Junge war da.（有個男孩在那裡。）

格	陽性	中性	陰性	複數
Nom.	irgendein	irgendein	irgendeine	irgendwelche
Akk.	irgendeinen	irgendein	irgendeine	irgendwelche
Dat.	irgendeinem	irgendeinem	irgendeiner	irgendwelchen
Gen.	irgendeines	irgendeines	irgendeiner	irgendwelcher

加 -wer，意思為「任何人」、「某人」。

Nom.	irgendwer
Akk.	irgendwen
Dat.	irgendwem
Gen.	---

字義：單數形是「人」，複數形是「人們」、「大家」。

Nom.	man
Akk.	einen
Dat.	einem
Gen.	---

03 不用格變化

ein paar

ein wenig

ein bisschen

表示不特定的少數量。

ein paar：常用來形容一、兩個的情況。

ein bisschen：形容一點點的情況。

ein wenig：形容少之又少的。

etwas

irgendetwas

nichts

也可以和名詞化形容詞連用。

etwas：某些

irgendetwas：隨便什麼東西、任何的

nichts：什麼也沒有

疑問代名詞

字義：哪一……
詢問特定人事物常用的疑問詞。可單獨做為代名詞或冠詞。例句：

Welche Schuhe ziehst du heute an?
（你今天穿哪雙鞋子？）

格	陽性	中性	陰性	複數
Nom.	welcher	welches	welche	welche
Akk.	welchen	welches	welche	welche
Dat.	welchem	welchem	welcher	welchen
Gen.	welches	welches	welcher	welcher

常用疑問詞

格	詢問事情、物品	詢問人
Nom.	was	wer
Akk.	was	wen
Dat.	-----	wem
Gen.	-----	wessen
例句	Was ist los? （發生什麼事了？／怎麼了？）	Auf wen wartest du? （你在等誰？）

※was 可視作不用變化

常和介系詞連用

Was für ein-

字義：什麼樣的……
常用在詢問人事物的特色、性質時。
變化同不定冠詞 ein-，可單獨做為代名詞或冠詞。

例句：Was für eine Jacke ziehst du heute an?
（你今天穿什麼樣的外套？）

wohin woran woher worauf

wo 是常用在問地點的疑問詞，也有問「什麼」的意思，搭配介系詞而組成疑問單字。

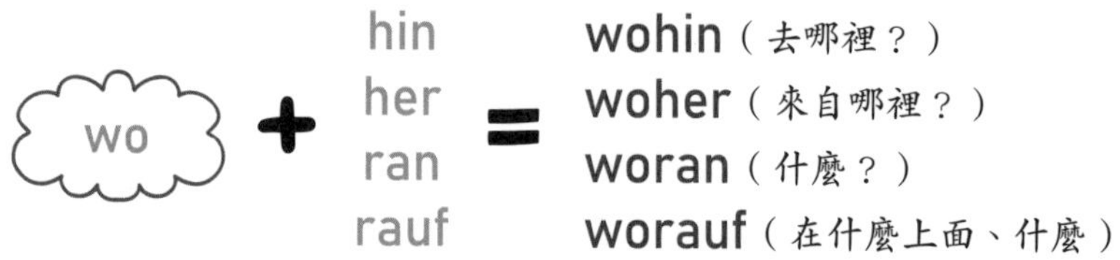

德語有許多介系詞，還需搭配動詞使用，後面會再詳述，這裡只講到 woran 和 worauf，翻譯皆可以是「什麼」，以例句說明。
例句：

Woran hast du gedacht?
（你想到什麼？）

Worauf legst du die Vase?
（你把花瓶放在什麼上面？）

反身代名詞

德語裡對於「動作反應到動作者本身」時，會使用到反身動詞和反身代名詞。

Ich wasche mich.	Ich wasche mein Baby.
譯為：我洗澡。 「洗」這個動作反應到「我」，使用 ich 反身代名詞 mich 	譯為：我給寶寶洗澡。 「洗」這個動作反應到「寶寶」，不需使用反身代名詞 

反身代名詞需要根據人稱做變化，只有 Akkusativ 和 Dativ。

人稱	Akkusativ	Dativ
ich	mich	mir
du	dich	dir
er/es/sie	sich	sich
wir	uns	uns
ihr	euch	euch
Sie/sie	sich	sich

關係代名詞

當使用到主句和關係子句時，會用關係代名詞做連接。

例句：

關係代名詞　　　　關係子句

Kennst du ein Kind, das nicht gern Bonbons isst?

（你認識不喜歡吃糖果的小孩嗎？）

關係代名詞用法：

1. 接在要指代的名詞後面
2. 依指代的名詞詞性而變化
3. 格變化要根據關係子句而定

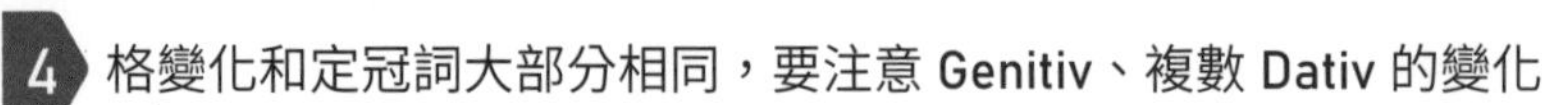

4. 格變化和定冠詞大部分相同，要注意 Genitiv、複數 Dativ 的變化

格	陽性	中性	陰性	複數
Nom.	der	das	die	die
Akk.	den	das	die	die
Dat.	dem	dem	der	**denen**
Gen.	**dessen**	**dessen**	**deren**	**deren**

常見關係代名詞

der,das,die	書面用法、補充說明時 例句： Das Mädchen, das rote Haare hat, kommt jeden Tag auf den Spielplatz.
welcher, welches, welche	較正式的用法
wo	1 指代地點 2 指代地點還有另一種用法：in + 地點名詞詞性。 例如 in dem Haus → in dem
wo(r)+ 介系詞	關係子句裡有介系詞，則用 wo(r)+ 介系詞變成組合字 例如 warten auf → worauf
was	1 指代事物 2 指代 das, etwas, nichts, alles 等等 3 指代整個句子
wer, wen, wem, wessen	指代人物

重點複習
Die Wiederholung

不定代名詞

01 | 格變化相同

這一組的代名詞大多如同下表變化規則，不過仍有些代名詞有部分不同，需特別注意。

格變化字尾速記

格	陽性	中性	陰性	複數
Nom.	---er	---s	---e	---e
Akk.	---en	---s	---e	---e
Dat.	---em	---em	---er	---en
Gen.	---es	---es	---er	---er

不定代名詞	字　義
einer eins eine	一個。不特指哪一個。 注意！複數形用 welche
keiner keins keine	沒有。不特指哪一個。
jeder jedes jede	每一個。 注意！複數形用 alle
alle all-	alle 字義：用複數形時，表示全部的人或事物。 all- 字義：單數形用在抽象事物。
viele	很多，指數量很大的，但並不是全部。 常使用複數形。
wenige	少數幾個、少少的。常使用複數形。

einige	單數形指少許、一些個。複數形指好幾個、若干。
manch-	有些人、有些事。
andere	不同的、其他的、另外的。
einzelne	單一的、個別的。
etliche	少量、一些，或強調口氣，指相當多。
mehrere	好幾個、好些。只有複數形。
welch-	替代前面說過的，數量不定。

02 有個別的格變化

jemand	字義： 有人、某人，只有單數形。	Akkusativ、Dativ：字尾變化可省略。因此可視作沒變化，只有 Genitiv：jemandes/niemandes
niemand	字義：沒人，只有單數形。	

irgendein-	字義：任何的、隨便哪一個			
格	陽性	中性	陰性	複數
Nom.	irgendein	irgendein	irgendeine	irgendwelche
Akk.	irgendeinen	irgendein	irgendeine	irgendwelche
Dat.	irgendeinem	irgendeinem	irgendeiner	irgendwelchen
Gen.	irgendeines	irgendeines	irgendeiner	irgendwelcher

irgendwer	字義： 任何人、某人
Nom.	irgendwer
Akk.	irgendwen
Dat.	irgendwem
Gen.	---

man	字義：單數形是「人」，複數形是「人們」、「大家」。
Nom.	man
Akk.	einen
Dat.	einem
Gen.	---

03｜不用格變化

ein paar	表示不特定的少數量。常用來形容一、兩個的情況。
ein bisschen	形容一點點的情況
ein wenig	形容少之又少的
etwas	某些
irgendetwas	隨便什麼東西、任何的
nichts	什麼也沒有

疑問代名詞

1

welcher / welches / welche	字義：哪一 變化同不定代名詞

2

was für ein-	字義：什麼樣的…… 變化同不定冠詞 ein-

3

格	詢問事情、物品	詢問人
Nom.	was	wer
Akk.	was	wen
Dat.	-----	wem
Gen.	-----	wessen

4 wohin / woher / woran / worauf →用在問地點的疑問詞

反身代名詞

反身代名詞需要根據人稱做變化，只有 Akkusativ 和 Dativ。

人稱	Akkusativ	Dativ
ich	mich	mir
du	dich	dir
er/es/sie	sich	sich
wir	uns	uns
ihr	euch	euch
Sie/sie	sich	sich

關係代名詞

當使用到主句和關係子句時，會用關係代名詞做連接。
關係代名詞用法：

1. 接在要指代的名詞後面
2. 依指代的名詞詞性而變化
3. 格變化要根據關係子句而定

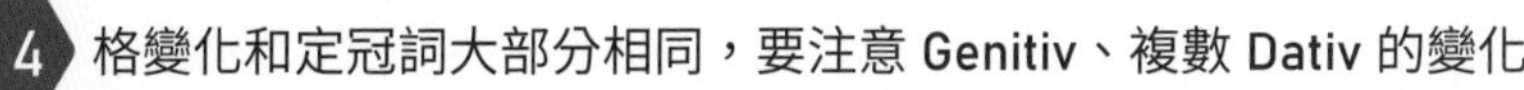

4. 格變化和定冠詞大部分相同，要注意 Genitiv、複數 Dativ 的變化

格	陽性	中性	陰性	複數
Nom.	der	das	die	die
Akk.	den	das	die	die
Dat.	dem	dem	der	**denen**
Gen.	**dessen**	**dessen**	**deren**	**deren**

常見關係代名詞

der das die	書面用法、補充說明時
welcher welches welche	較正式的用法
wo	1 指代地點 2 指代地點另一種用法： in + 地點名詞詞性
wo(r)+ 介系詞	關係子句裡有介系詞，則用 wo(r)+ 介系詞變成組合字
was	1 指代事物 2 指代 das,etwas,nichts,alles 等等 3 指代整個句子
wer wen wem wessen	指代人物

練習 4 Die Übungen

A 填空：請根據 Nominativ 單字，依序填入正確格變化。

格	陽性	中性	陰性	複數
Nom.	einer	keins	jede	mehrere
Akk.				
Dat.				
Gen.				

B 選出正確答案。

1. In der Küche gibt es einen/einer/einem Gasherd, aber keinen/keiner/keines Kühlschrank.

2. Manches/Mancher/Manche Alten schlafen vor dem Fernseher ein, mein Opa kann das nicht.

3. In einige/einigen/einigem Schwimmbädern muss das/es/man eine Bademütze tragen.

4. Oje! Es gibt jemand/niemand/irgendein zu Hause. Ich habe meinen Schlüssel vergessen.

5. Möchtest du etwas/einige/ein bisschen trinken?
   -Ja, aber nichts/keines/eines Alkoholisches, bitte.

6. Wessen/Dessen/Welcher Schlüssel ist das?

7. Es/Das/Man ist schon spät, wir müssen uns/euch/sich beeilen.

8. Schokolade für Mia?
   -Nein, sie hat schon welche/alle/jede.

9. Die Mädchen kämmen dich/mich/sich.

10. Der Junge, sein/dessen/der Vater in der Bäckerei arbeitet, hat heute Geburtstag.

解答在 Seite 333

pflanzen
essen
zum Picknick gehen

6 動詞 I
Das Verb I

fahren

trinken

sitzen

德語動詞可分成三大類：一般動詞、助動詞、情態動詞。

動詞又有三種形式：

動詞不定式 (或稱動詞原形)、帶 **zu** 不定式、分詞。

動詞不定式 (或稱動詞原形)，會依據人稱、單複數、時態而有相應的變化。

動詞原形

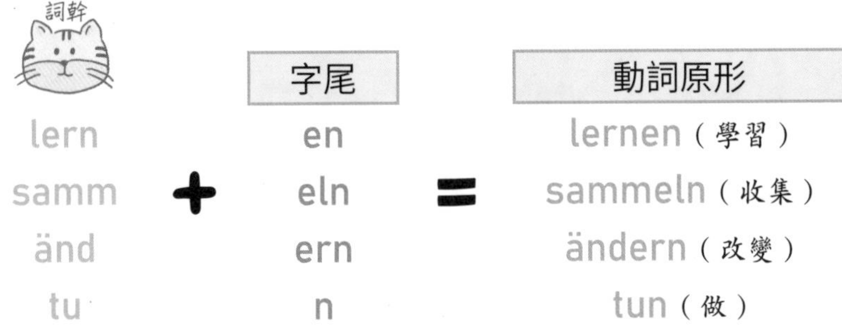

詞幹 + 字尾才是完整的動詞原形，可視作動詞單字都是 **-en, -n** 結尾，功能是為了做變化，又稱動詞不定式 。依變化規則，分為規則動詞、不規則動詞兩大類。

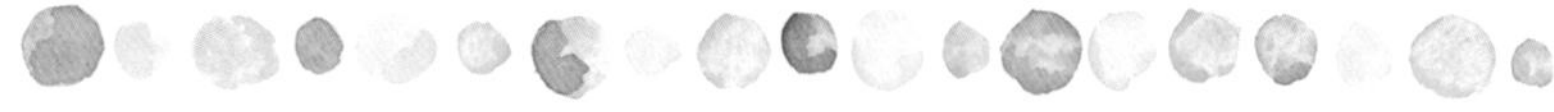

規則動詞

動詞原形 現在式	過去式	第二分詞
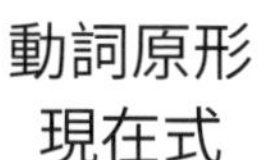 詞幹 +en （依人稱有變化規則）	詞幹 +te （依人稱有變化規則）	ge+ 詞幹 +t
Wir lernen Deutsch. （我們正在學德語。）	Er lernte Deutsch. （他學過德語。）	Ich habe Deutsch gelernt. （我學過德語。）

不規則動詞

動詞原形	現在式	過去式	第二分詞
 詞幹 +en	 詞幹 +t 特別變化 （依人稱變化）	單詞特別變化 （依人稱變化）	 ge+ 詞幹 +en 特別變化
sprechen （說）	Du sprichst. Er spricht.	Er sprach.	Er hat gesprochen.

規則動詞

規則動詞又叫弱變化動詞，依人稱變化字尾有固定的規則。

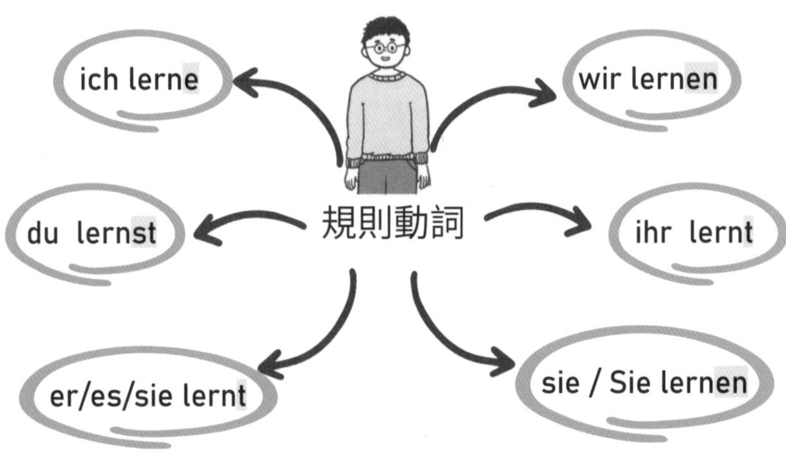

人　稱	規則動詞字尾變化速記
ich 我	-e
du 你	-st
er/es/sie 他 / 它 / 她	-t
wir 我們	-en
ihr 你們	-t
Sie/sie 您尊稱的單複數 / 他們	-en

注意用法

為了發音，詞幹字尾出現以下字母時，需注意變化：

	-d/-t	-m/-n	-s/-ß/-x/-z
ich	arbeite	öffne	heiße
du	arbeitest	öffnest	heißt
er/es/sie	arbeitet	öffnet	heißt
wir	arbeiten	öffnen	heißen
ihr	arbeitet	öffnet	heißt
Sie/sie	arbeiten	öffnen	heißen

（續上表）

	-eln	-ern
ich	sammle	änd(e)re
du	sammelst	änderst
er/es/sie	sammelt	ändert
wir	sammeln	ändern
ihr	sammelt	ändert
Sie/sie	sammeln	ändern

不規則動詞

顧名思義，這類動詞的變化規則較多，又稱強變化動詞，需要特別背誦。

★小提示：
以規則動詞的變化為基礎，大多是第2和第3人稱單數的變化不一樣。

人稱	e → i	e → ie	a → ä	au → äu
ich	gebe	lese	fahre	laufe
du	gibst	liest	fährst	läufst
er/es/sie	gibt	liest	fährt	läuft
wir	geben	lesen	fahren	laufen
ihr	gebt	lest	fahrt	lauft
Sie/sie	geben	lesen	fahren	laufen
常見單字	essen helfen nehmen sprechen treffen	sehen stehlen befehlen empfehlen	fallen fangen halten lassen schlafen tragen wachsen waschen	saufen

大部分不規則動詞的動詞三態都不一樣。
針對不規則動詞的記憶方式，以第三人稱變化背誦，口訣順序是：
動詞原形→現在式→過去式→第二分詞
例如：sprechen → spricht → sprach → gesprochen

不規則動詞的現在式、過去式和完成式的第二分詞，可依詞幹的字母變化，大致分成以下幾組：

1 3母音組

E/ I-A-E	essen → isst-aß-gegessen
E/ I-A-O	helfen → hilft-half-geholfen
I-A-E	sitzen-saß-gesessen
I-A-U	singen-sang-gesungen

2 雙母音組

EI-I-I	schneiden-schnitt-geschnitten
EI-IE-IE	steigen-stieg-gestiegen
IE-O-O	riechen-roch-gerochen
IE-A-E	liegen-lag-gelegen
E/ IE-A-E	lesen → liest-las-gelesen

3 2母音組

E-A-A	stehen-stand-gestanden
O-A-O	kommen-kam-gekommen
U-IE-U	rufen-rief-gerufen

4 母音變音組

A / Ä-I-A	fangen → fängt-fing-gefangen
A / Ä-IE-A	halten → hält-hielt-gehalten
A / Ä-U-A	laden → lädt-lud-geladen
AU / ÄU-IE-AU	laufen → läuft-lief-gelaufen

助動詞

德語助動詞有 3 個，規則變化、不規則變化都有，先把最基本的現在式變化記起來吧。

1

Gestern bin ich deiner Frau auf der Straße begegnet.
（昨天我在街上偶然遇見你太太。）

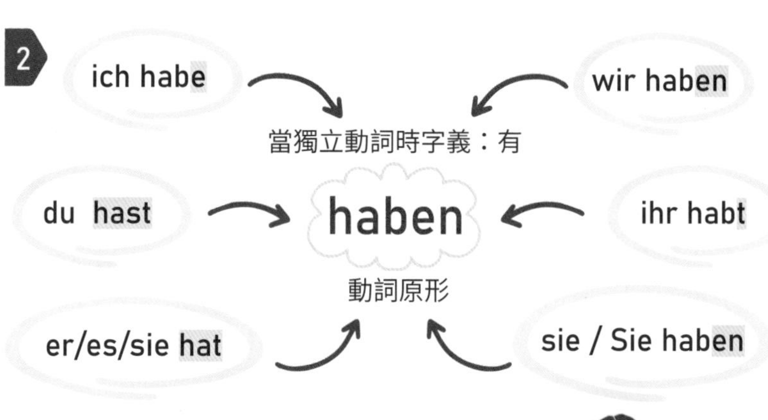

Mama, ich habe Frau Mayer geliebt!
（媽媽，我愛梅爾小姐！）
-Sie ist deine Lehrerin. Ist sie nett zu dir?（她是你的老師。她對你很好嗎？）

Wann werden deine Eltern kommen?（你父母什麼時候來？）
-Hmm, ich habe keine Ahnung.
（嗯～～我不知道。）

情態動詞

情態動詞可視作另類助動詞，使用時會在句尾搭配另一個動詞原形，才能完成句子。

Ich **kann** (情態動詞) gut Tennis **spielen.** (動詞原形) （我可以打網球打得很好。）

情態動詞	字義	例句
dürfen	可以（對自己、上對下的用法）、被許可或有權這樣做、禁止（否定時）	Darf ich ihn sprechen? （我可以和他說話嗎？）
können	會、可以（指能力方面），可能	Ich kann Deutsch sprechen. （我會說德語。）
müssen	必須（自覺要做的）、義務、務必（有強制的）	Ich muss lernen. （我必須要讀書。）
sollen	應該、建議、忠告	Du sollst lernen. （你應該要讀書。）
wollen	打算、意圖	Ich will lernen. （我打算要讀書。）
mögen	喜歡 ※ 常接名詞	Ich mag deine Tasche. （我喜歡你的包包。）
möchten	mögen 的虛擬二式用字，字義延伸為：希望、但願，計畫、想要的	Ich möchte diese Tasche kaufen. （我想買這個包包。）

這些情態動詞有些字義相近，但在使用上又有不同意思，需要多揣摩用法。

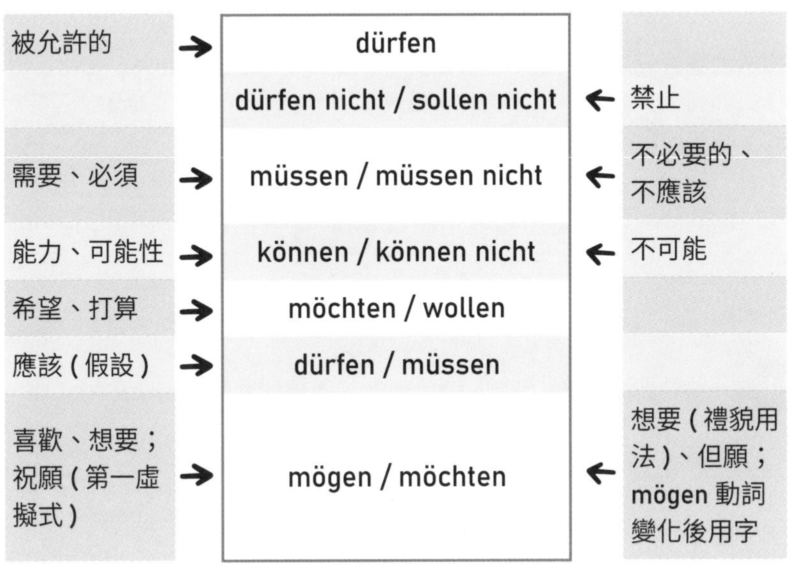

被允許的
dürfen
dürfen nicht / sollen nicht
禁止
需要、必須
müssen / müssen nicht
不必要的、
不應該
能力、可能性
können / können nicht
不可能
希望、打算
möchten / wollen
應該（假設）
dürfen / müssen
喜歡、想要；
祝願（第一虛
擬式）
mögen / möchten
想要（禮貌用
法）、但願；
mögen 動詞
變化後用字

動詞變化：現在式

人稱	dürfen	können	müssen	sollen	wollen	mögen	möchten
ich	darf	kann	muss	soll	will	mag	möchte
du	darfst	kannst	musst	sollst	willst	magst	möchtest
er/es/sie	darf	kann	muss	soll	will	mag	möchte
wir	dürfen	können	müssen	sollen	wollen	mögen	möchten
ihr	dürft	könnt	müsst	sollt	wollt	mögt	möchtet
Sie/sie	dürfen	können	müssen	sollen	wollen	mögen	möchten

重點複習
Die Wiederholung

德語動詞可分成三大類：一般動詞、助動詞、情態動詞。
德語動詞會依據人稱、單複數、時態而有相應的變化，又稱動詞不定式、動詞原形，也是德語動詞的基礎。

{ 動詞原形→ 詞幹 +en / +n }

1 一般動詞：有規則動詞（弱變化動詞）、不規則動詞（強變化動詞）二種。

動詞變化速記

規則動詞

人稱	現在式	過去式	第二分詞
ich	lerne	lernte	gelernt
du	lernst	lerntest	
er/es/sie	lernt	lernte	
wir	lernen	lernten	
ihr	lernt	lerntet	
Sie/sie	lernen	letnten	

不規則動詞：需要特別背誦。

現在式		過去式	第二分詞
詞幹 特別變化		單詞特別變化	ge+ 詞幹 +en 特別變化
ich	helfe	half	geholfen
du	hilfst	halfst	
er/es/sie	hilft	half	
wir	helfen	halfen	
ihr	helft	halft	
Sie/sie	helfen	halfen	

小提示：
以規則動詞的變化為基礎。現在式大多是第 2 和第 3 人稱單數的變化不一樣。

不規則動詞沒有統一的變化規則，以下是常見的詞幹變化規律：

3 母音組	雙母音組	2 母音組	母音變音組
E/ I-A-E	EI-I-I	E-A-A	A / A-I-A
E/ I-A-O	EI-IE-IE	O-A-O	A / Ä-IE-A
I-A-E	IE-O-O	U-IE-U	A / Ä-U-A
I-A-U	IE-A-E		AU / ÄU-IE-AU
	E/ IE-A-E		

2 助動詞：輔助一般動詞的重要工具。

sein	haben	werden
當獨立動詞時 字義：是、在	當獨立動詞時 字義：有	當獨立動詞時 字義：變得、成為

助動詞變化：現在式

人稱	sein	haben	werden
ich	bin	habe	werde
du	bist	hast	wirst
er/es/sie	ist	hat	wird
wir	sind	haben	werden
ihr	seid	habt	werdet
Sie/sie	sind	haben	werden

3 情態動詞：德語裡很重要的另類助動詞。

wollen	字義：打算、意願、希望
sollen	字義：應該，指被要求、被建議、有義務的
müssen	字義：必須，指有義務的、強制性的
können	字義：可以、能夠，指自身的能力
dürfen	字義：可以、被允許
mögen	字義：喜歡
möchten	字義：想要

情態動詞變化：現在式

人稱	dürfen	können	müssen	sollen	wollen	mögen	möchten
ich	darf	kann	muss	soll	will	mag	möchte
du	darfst	kannst	musst	sollst	willst	magst	möchtest
er/es/sie	darf	kann	muss	soll	will	mag	möchte
wir	dürfen	können	müssen	sollen	wollen	mögen	möchten
ihr	dürft	könnt	müsst	sollt	wollt	mögt	möchtet
Sie/sie	dürfen	können	müssen	sollen	wollen	mögen	möchten

練習 5 Die Übungen

請填入現在式變化：

	規則動詞	不規則動詞	不規則動詞	不規則動詞	助動詞	助動詞
動詞原形	wohnen	sprechen	essen	lesen	sein	haben
ich			esse			habe
du						
er/es/sie						
wir		sprechen			sind	
ihr						
Sie/sie	wohnen			lesen		

情態動詞	dürfen	können	müssen	sollen	wollen	mögen
ich				soll		
du						
er/es/sie					will	
wir	dürfen					mögen
ihr			müsst			
Sie/sie		können				

解答在 Seite 334

7 動詞 II
Das Verb II

特別用法的動詞

1 動詞 lassen 有時會被視為情態動詞，是很重要的特別動詞。

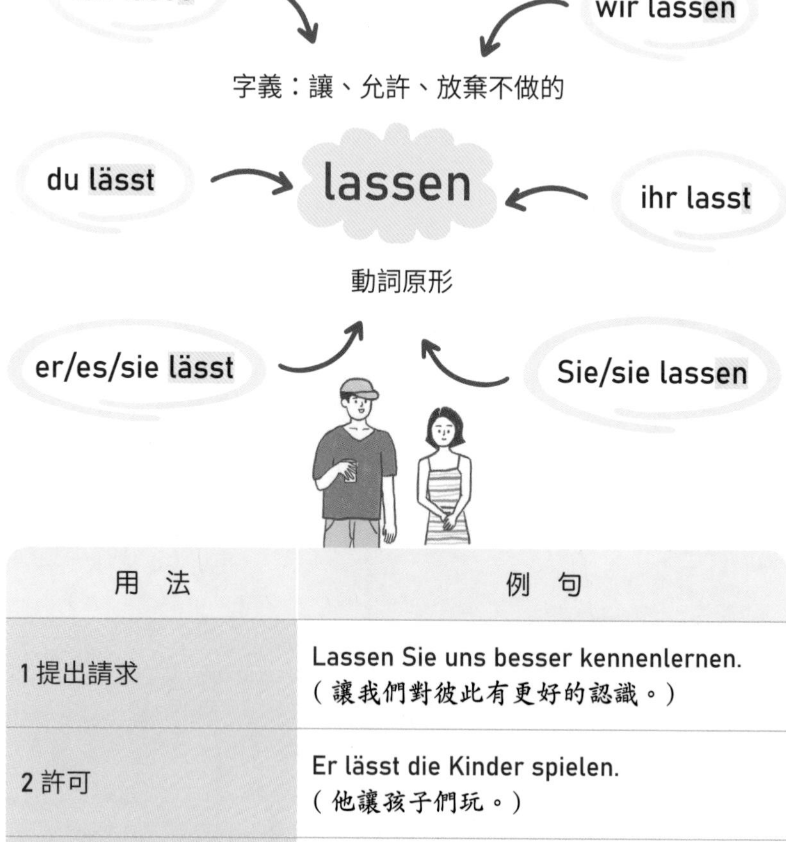

用　法	例　句
1 提出請求	Lassen Sie uns besser kennenlernen. （讓我們對彼此有更好的認識。）
2 許可	Er lässt die Kinder spielen. （他讓孩子們玩。）
3 形容保持某種狀態，或因而不做某事	In Ruhe lassen.（不去打擾。） Ich lasse das lieber.（我寧願不做。）

2 動詞 brauchen（需要），和情態動詞 müssen，字義雖然都有「需要」，使用上卻有些不同。

müssen 用在有必要、義務的「需要」。
brauchen 的義務性程度較少。

❶	❷	❸	句尾
Du	musst	deine Hausaufgaben	machen.
	情態動詞		動詞原形

（你必須做家庭作業。）

表達不需要時，可用 brauchen nicht / kein- 句型

❶	❷	❸	句尾
Du	brauchst nicht	deine Hausaufgaben	zu tun.
	否定		zu + 動詞原形

（你不需要做家庭作業。）

brauchen 另一個常用句型：

❶	❷	❸	主句句尾	子句
Du	brauchst	mich	nur anzurufen,	dann komme ich zu dir.

brauchen …nur + zu 動詞原形

（你只需要打給我，我就來找你。）

分離動詞

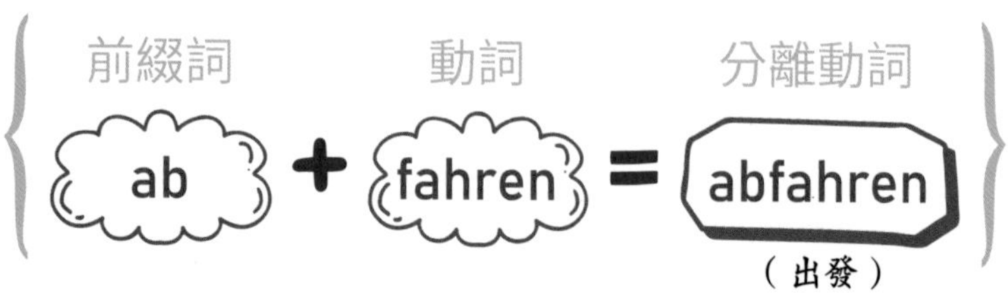

和動詞原義不同，分離動詞是組合而成的新動詞單字，有新的字義，加上不同的前綴詞，當然就有更多不同的新字義。以此累積，動詞的單字量就會倍增。

學習德語時，可用標記（/）來區別分離動詞。

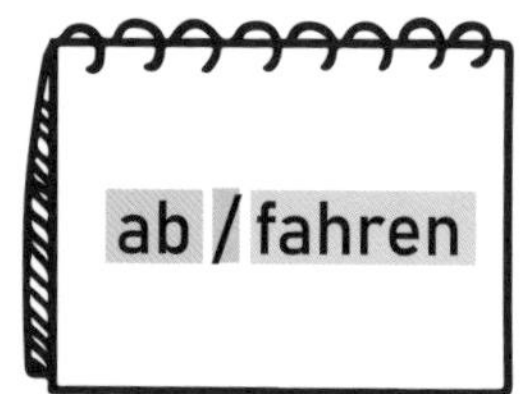

fahren →（駕駛、乘坐）

ab/fahren →（出發、啓程）

weg/fahren →（開走、駛出）

分離動詞在句子裡的位置

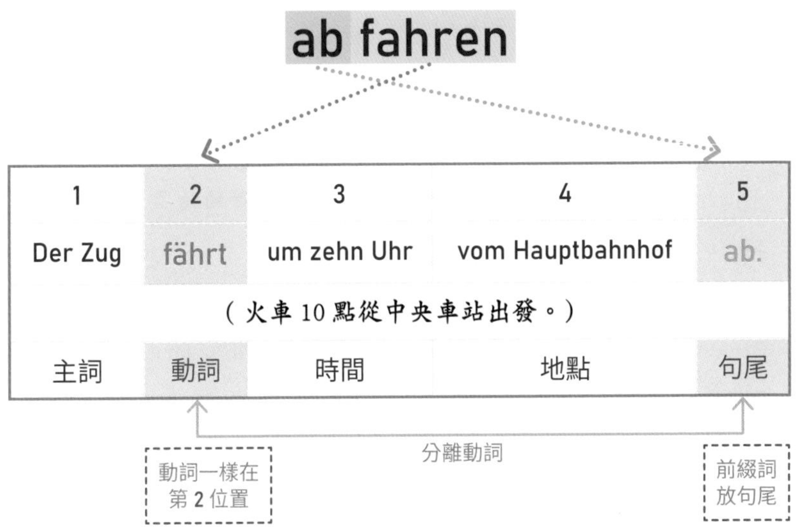

ab fahren
1
2
3
4
5
Der Zug
fährt
um zehn Uhr
vom Hauptbahnhof
ab.
（火車10點從中央車站出發。）
主詞
動詞
時間
地點
句尾
分離動詞
動詞一樣在第2位置
前綴詞放句尾

使用分離動詞，就好像放了伸縮彈簧在句子裡，但拆解句構後會發現，它的位置其實是固定的。

分離動詞和不可分離動詞

哪些又是不可分離動詞？由於分離動詞是前綴詞 + 動詞的組合字，可用前綴詞來區別。

常見分離動詞的前綴詞

前綴詞	例字
ab-	ab/hängen（取下掛著的物品）
an-	an/fangen（開始）
auf-	auf/passen（小心、專心注意）
aus-	aus/gehen（外出、用完）
ein-	ein/laden（邀請）
fest-	fest/stellen（確認）
frei-	frei/halten（保持暢通、佔位）
her-	her/kommen（過來）
hin-	hin/gehen（過去那裡）
los-	los/lassen（放走）
mit-	mit/kommen（一起來）
nach-	nach/fragen（詢問）
vor-	vor/bereiten（準備）
vorbei-	vorbei/fahren（開車經過）
weg-	weg/gehen（離開、外出）
weiter-	weiter/geben（轉送、轉達）
zu-	zu/hören（傾聽）
zurück-	zurück/kommen（回來）
zusammen-	zusammen/kommen（集合）

常見不可分離動詞的前綴詞

前綴詞	例字
be-	besuchen（拜訪）
emp-	empfehlen（推薦）
ent-	entdecken（發現）
er-	erzählen（講述）
ge-	gefallen（滿意、喜歡）
miss-	missbrauchen（濫用、利用）
ver-	verstehen（理解、懂得）
zer-	zerstören（毀壞）

兩者皆可的前綴詞

這類動詞以是否強調前綴詞來判斷要不要變分離動詞。

前綴詞	例字
durch-	分離動詞：durch/fliegen（飛越過、直航） 一般動詞：durchfliegen（飛越、瀏覽）
hinter-	分離動詞：hinter/lassen（讓…往後走） 一般動詞：hinterlassen（留下、死後遺留）
um-	分離動詞：um/gehen（流行、流傳、打算） 一般動詞：umgehen（繞過…走、規避）
unter-	分離動詞：unter/liegen（放在下面） 一般動詞：unterliegen（敗給某人、遭受）
über-	分離動詞：über/geben（給某人披上、蓋上） 一般動詞：übergeben（交給、託付給）
wieder-	分離動詞：wieder/holen（取回、收回） 一般動詞：wiederholen（重做、重複）

句子出現 2 個動詞單字

主詞 + 動詞 + 受詞，成為一完整句子，動詞基本上只能一個。
但是少數德語動詞，不受限制，變成可以 2 個動詞單字連用，形成句子裡會同時出現 2 個動詞的情形。遇到這類的動詞組合，句型如下：

1	2	3	句尾
Ich	fahre	meine Tochter vom Hauptbahnhof	abholen.
（我要去中央車站接我女兒。）			
主詞	動詞 1	受詞	動詞 2
	依人稱變化		動詞原形

可做動詞連用的動詞

動詞 1	搭配動詞 2：例字	例句
bleiben	sitzen	Ich bleibe hier sitzen. （我在這裡停留。）
fahren	abholen	Ich fahre Mia vom Bahnhof abholen.（我要去車站接米婭。）
gehen	spazieren	Sie gehen oft spazieren. （他們經常去散步。）
hören	singen	Ich höre Mia singen. （我聽米婭唱歌。）
lassen	schneiden	Ich lasse meine Haare schneiden. （我剪頭髮。）
lernen	tanzen	Diese Kinder lernen tanzen. （這些孩子學跳舞。）
sehen	fallen	Die Kinder sehen den Baum fallen.（孩子們看著樹倒了。）

功能動詞

有些動詞和介詞詞組或第四格名詞連用後構成謂語，卻又失去原來的意義，改變了句子的語意，這類動詞即為功能動詞，在日常用語中頻繁出現。

不用功能動詞	使用功能動詞
Er antwortet mir. （他回答我了。）	Er gibt mir eine Antwort. （直譯：他給了我一個答案。） 同樣也表達（他回答我了。）

重要的功能動詞

動詞原形	字義	例句
bekommen	得到、收到	gut bekommen（有益）
bringen	帶來、達到	zum Abschluss bringen （結束）
erhalten	獲得、取得、保持	einen Befehl erhalten （接到命令）
finden	找到、發現、覺得	Anklang finden（得到贊同）
geben	給、交給、提供	ein gutes Beispiel geben （一個好榜樣）
kommen	來、到達、來臨、想起	auf einen Gedanken kommen （想到一個念頭）
machen	做、從事、製作	einen Vorschlag machen （做建議）
nehmen	拿、取、利用、乘坐、吃、服用	Abschied nehmen（告別） Platz nehmen（坐下）
ziehen	拉、拖、抽出、吸收、撫養	den Atem ziehen（吸氣）

反身動詞

當動作本身反射到主詞身上時，會用反身動詞，反身動詞後面一定要接反身代名詞。

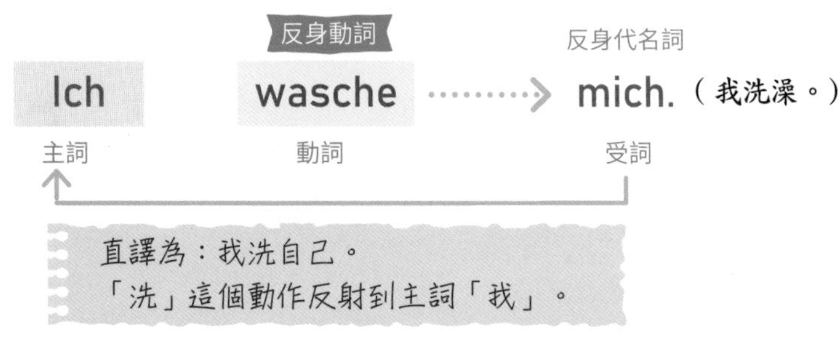
反身動詞
反身代名詞
Ich wasche mich.（我洗澡。）
主詞
動詞
受詞
直譯為：我洗自己。
「洗」這個動作反射到主詞「我」。

反身動詞句型

反身代名詞用 Akkusativ
1 Ich wasche mich.（我洗澡。）
主詞 + 反身動詞 + 受詞

反身代名詞用 Dativ　Akkusativ

2 Ich wasche mir die Haare.（我洗頭髮。）

主詞 + 反身動詞 + 間接受詞 + 直接受詞

反身代名詞用 Dativ

3 Ich entschließe mir, ein eigenes Haus zu kaufen.

主詞 + 反身動詞 + 間接受詞　帶 zu 不定式子句

（我決定要買自己的房子。）

反身動詞又細分真反身動詞、非真反身動詞。

名詞或其他代名詞無法替代

2者連用，是一個完整的整體

例句：Der Zug hat sich verspätet.（火車誤點了。）

常用真反身動詞 + Akkusativ

反身動詞	字義
sich auskennen	熟悉
sich bedanken	感謝
sich beeilen	趕快
sich beschweren	抱怨
sich bewerben	申請、謀職
sich entschuldigen	道歉
sich erholen	休養復原、恢復
sich erkälten	傷風受涼
sich erkundigen	詢問、打聽
sich freuen	高興
sich gedulden	耐心
sich interessieren	對……感興趣
sich irren	弄錯、搞錯
sich konzentrieren	專心
sich kümmern	照顧、擔心
sich schämen	感到慚愧
sich verspäten	遲到
sich wundern	吃驚

常用真反身動詞，少數 + Dativ

反身動詞	字義
sich etwas aneignen	把……佔爲己有
sich etwas ausdenken	想出
sich etwas denken	想像某事
sich etwas einbilden	自認爲、想像
sich etwas lassen	能夠、可以
sich etwas merken	記住
sich etwas vornehmen	打算
sich etwas vorstellen	想像：用 Dativ 自我介紹：用 Akkusativ

非真反身動詞 1

+

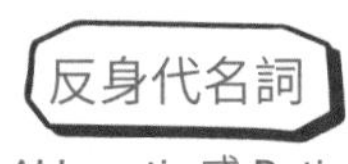

Akkusativ 或 Dativ

例句：

反身用法：Du **verlässt dich** zu viel auf andere.

（你太相信別人了。）

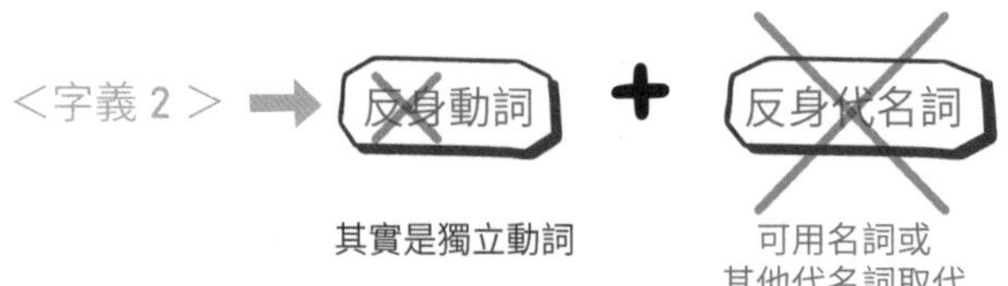

例句：

一般用法：Er hat seine Eltern **verlassen**.

（他離開了父母。）

非真反身動詞 2

複數反身代名詞 ⟵ 整句為表達相互關係

動詞字義有相互的意思
又叫互惠動詞

↑主詞為複數人稱
可用 einander 替換

例句：Hannah und Luis **lieben sich**.（漢娜和路易斯相愛。）

遇到非真反身動詞，要特別注意反身用法和一般用法，字義有可能會完全不同！

常用非真反身動詞 + Akkusativ / Dativ

反身動詞	字義
sich abtrocken	擦乾
sich ändern	變化
sich anziehen	穿上
sich ärgern	生氣
sich duschen	淋浴
sich einigen	取得一致
sich kennen	認識
sich leisten	容許（讓自己大膽去做的）
sich lieben	愛上
sich rufen	打電話
sich streiten	爭吵
sich treffen	碰面
sich unterhalten	聊天
sich verlassen	信任
ver- 字首有錯誤之意	-hören 聽錯，-sprechen 說錯，-lesen 讀錯，schreiben 寫錯，-spielen 彈錯，-rechnen 算錯
sich waschen	洗

重點複習
Die Wiederholung

特別用法的動詞

1 動詞 lassen

字義：讓～

用法：
① 提出請求
② 許可
③ 形容保持某種狀態，或因而不做某事

現在式變化

動詞原形	lassen
ich	lasse
du	lässt
er/es/sie	lässt
wir	lassen
ihr	lasst
Sie/sie	lassen

2 動詞 brauchen

字義：需要

用法：

① 情態動詞 müssen 用在有必要、義務的「需要」。brauchen 的義務性程度較少。

② 表達「不需要」的句型
→ brauchen nicht…zu + 動詞原形

③ 表達「只要需要就…」的句型
→ brauchen…nur…zu + 動詞原形

現在式變化

動詞原形	brauchen
ich	brauche
du	brauchst
er/es/sie	braucht
wir	brauchen
ihr	braucht
Sie/sie	brauchen

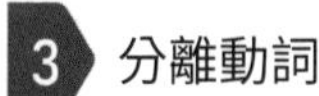
3 分離動詞

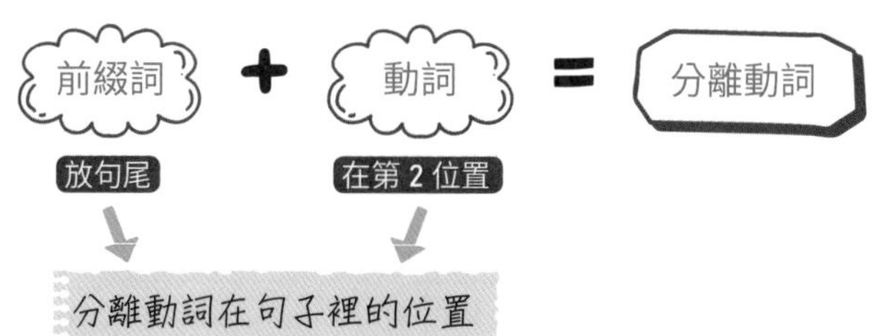

常見分離動詞的前綴詞

ab-	an-	auf-	aus-	ein-
fest-	frei-	her-	hin-	los-
mit-	nach-	vor-	vorbei-	weg-
weiter-	zu-	zurück-	zusammen-	

常見不可分離動詞的前綴詞

be-	emp-	ent-	er-
ge-	miss-	ver-	zer-

兩者皆可的前綴詞

這類動詞以是否強調前綴詞來判斷要不要變分離動詞。

durch-	hinter-	um-
unter-	über-	wieder-

4 可連用動詞單字

可連用動詞單字	搭配動詞：例字
bleiben	sitzen
fahren	abholen
gehen	spazieren
hören	singen
lassen	schneiden
lernen	tanzen
sehen	fallen
在句子裡的位置：第 2 位	句尾

5 功能動詞

有些動詞和介詞詞組或第四格名詞連用後構成謂語，卻又失去原來的意義，改變了句子的語意，這類動詞即為功能動詞，在日常用語中頻繁出現。

動詞原形	字義
bekommen	得到、收到
bringen	帶來、達到
erhalten	獲得、取得、保持
finden	找到、發現、覺得
geben	給、交給、提供
kommen	來、到達、來臨、想起
machen	做、從事、製作
nehmen	拿、取、利用、乘坐、吃、服用
ziehen	拉、拖、抽出、吸收、撫養

6 反身動詞

當動作本身反射到主詞身上時，會用反身動詞，反身動詞後面一定要接反身代名詞。

常用真反身動詞 + Akkusativ

sich auskennen	sich bedanken
sich beeilen	sich beschweren
sich bewerben	sich entschuldigen
sich erholen	sich erkälten
sich erkundigen	sich freuen
sich gedulden	sich interessieren
sich irren	sich konzentrieren
sich kümmern	sich schämen
sich verspäten	sich wundern

常用真反身動詞，少數 + Dativ

sich etwas aneignen	sich etwas ausdenken
sich etwas denken	sich etwas einbilden
sich etwas lassen	sich etwas merken
sich etwas vornehmen	sich etwas vorstellen

※ 遇到非真反身動詞，要特別注意反身用法和一般用法，字義有可能會完全不同！

常用非真反身動詞 + Akkusativ / Dativ

sich abtrocken	sich ändern
sich anziehen	sich ärgern
sich duschen	sich einigen
sich kennen	sich leisten
sich lieben	sich rufen
sich streiten	sich treffen
sich unterhalten	sich verlassen
sich waschen	
ver- 字首	-hören, -sprechen, -lesen, -schreiben, -spielen, -rechnen

練習 6 Die Übungen

A 哪個是分離動詞？哪個是不可分離動詞？

einkaufen loslassen ausgehen

empfehlen beachten

vorstellen zumachen vergessen

missdeuten erholen

分離動詞	不可分離動詞

B 請選出合適的答案，並在空格裡填入正確人稱變化、語順。

brauchen　fahren　lassen

möchten　abholen

machen　bekommen

❶ Paul ________ die Kinder spielen.

❷ Ich ________ Mia vom Bahnhof ________.

❸ Du ________ mich nur anzurufen, dann komme ich zu dir.

❹ Das Yoga ist mir gut ________.

❺ Ich ________ einen Vorschlag ________.

C 請填入合適的反身動詞變化和反身代名詞。

例句：du/waschen：Du wäschst dich.

❶ ich/ bedanken：________________

❷ er/ beschweren：________________

❸ sie(她)/ kümmern：________________

❹ Sie(您) / beeilen：Sie müssen ________ ________, den Zug zu erreichen.

❺ wir / treffen：Wir ________ ________ um sieben.

解答在 Seite 334

Sie beginnen zu tanzen.

8 動詞 III

Das Verb III

動詞支配補語

動詞是造句時的主導者，用了哪個動詞，決定後面接的補語要用哪一格 Nominativ / Akkusativ / Dativ / Genitiv

1 動詞 + Nominativ

Ich heiße Friedrich. （我叫 Friedrich。）

Ich: Nom.　heiße: Verb　Friedrich.: Nom. / Adj. →接主格或形容詞

常見動詞

sein	heißen	werden	bleiben

2 動詞 + Akkusativ

＜句型 1＞

動詞以及物動詞、不及物動詞來區分後面接 Akkusativ 或 Dativ。
使用 Akkusativ 的動詞比例較高。

Ich kaufe ein Buch. （我買了一本書。）

Ich: Nom.　kaufe: Verb →及物動詞　ein Buch.: Akk.

＜句型 2＞

有些及物動詞可以同時接 Akkusativ 和 Dativ。

Ich kaufe ihm ein Buch.

Ich: Nom.　kaufe: Verb →及物動詞　ihm: Dat.　ein Buch.: Akk.

（我買了一本書給他。）

常見動詞

haben	erzählen	machen
fahren	bekommen	laufen
steigen	fliegen	rennen
springen	ziehen	tragen
werfen	essen	sehen
trinken	fragen	finden
holen	nehmen	besuchen
bezahlen	brauchen	anrufen
bringen	laden	leiten
packen	schicken	schieben
legen	stellen	setzen
lesen	kennen	kennenlernen
backen	kochen	öffnen
schließen	hängen	stecken
kleben	gießen	geben
zeigen	schenken	empfehlen

3 動詞 + Dativ

無法單獨使用，一定要搭配方向、地點、時間等補充語
Ich fahre in die Stadt.

不具有支配功能，可單獨使用
Ich stehe auf.

不能支配 Akkusativ

不及物動詞特點

<句型>

Er	hilft	mir.	（他幫了我。）
Nom.	Verb →不及物動詞	Dat.	

常見動詞

※ 接 Dativ 的動詞比例較少，詳見 Seite 342 附錄。

helfen	wohnen	liegen
stehen	sitzen	bleiben
gehören	passen	gefallen
stattfinden	danken	gratulieren

4 動詞 + Genitiv

Das Baby bedarf der Pflege. （小寶寶需要照顧。）

Nom. Verb Gen.

常見動詞

bedürfen	bedenken	sich bedienen
sich enthalten	gedenken	sich erfreuen

5 動詞後面不接其他詞

有些動詞後面不接其他詞也能表達出完整意思，形成這樣的句型：

Ich lese. （我閱讀。）

Anna kann tanzen. （安娜會跳舞。）

Nom. Verb →後面不接受詞

常見動詞

lesen	frühstücken	arbeiten
tanzen	schlafen	laufen

帶 ZU 不定式

動詞有三種形式：動詞不定式、帶 zu 不定式、分詞。
帶 zu 不定式主要用在主句和子句有相同主詞想要省略時，比使用 dass 子句簡短。
主句較長時，可在帶 zu 不定式子句前加逗號，更容易讓人理解。

＜句型＞

主句：Er versucht,（動詞 1）
子句：zwei Stunden pro Tag Sport（省略相同主詞） zu treiben.（句尾放帶 zu 不定式）

主句後若直接接帶 zu 不定式，逗號可省略

（他試著每天運動 2 小時。）

1 可以接在其他動詞、名詞、形容詞、分詞後面使用：
nach Hause zu kommen（回家）; müde zu werden（累了）

2 當 zu 和複合字、分離動詞連用時，則是放在 2 個單字之間：

zu + wiedersehen = wiederzusehen

例句：Es ist schön, euch hier wiederzusehen.
（很高興在這裡再見到你們。）

3 同時使用 2 個以上動詞時，都要加 zu
例句：Wir haben vor, am Wochenende zu schwimmen und Yoga zu machen.
（我們打算周末時去游泳和做瑜伽。）

帶 zu 不定式的用法

用　法	例　句
代替 dass 子句。當主句和 dass 子句的主詞相同時，可改用 zu 不定式。	Ich freue mich, dass ich dich sehen. → Ich freue mich, dich zu sehen.
動詞…+ zu 不定式 表達意圖、想法	Ich habe vor, einen Yogakurs zu besuchen.（我打算參加瑜伽課程。）
表達動作的各階段 (開始、過程、結束)	Sie beginnen zu tanzen. （他們開始跳舞。）
Es ist ／ Ich finde es + 形容詞… + zu 不定式	Es ist leicht zu erlernen. （那很容易學。）
名詞 +haben…+ zu 不定式 很明顯的轉變、事態變化	Ich habe die Möglichkeit, den Arbeitsplatz zu bekommen. （我有機會得到這份工作。） 其他： die Freude haben（變得高興）， das Problem haben（有問題）， Schwierigkeiten haben（有困難）
haben + zu 不定式 具有 müssen 的意思	Ich habe die ganze Nacht zu arbeiten. （我必須整夜工作。）
sein + zu 不定式，是 müssen/ können 被動式的另一種用法	Der Corona-Immunitätsausweis ist am Zoll vorzuzeigen. （在海關必須出示新冠疫苗注射證明。）
brauchen nicht/kein/nur/erst + zu 不定式，具有 müssen 的意思	Du brauchst nicht zu warten. （你不必等。）
scheinen + zu 不定式，表示推測	Heinz scheint zu schlafen. （海恩茨好像在睡覺。）
連詞 um/ohne/anstatt + zu 不定式 形成狀語，um zu 表示目的或意圖；ohne zu 沒有做出的行為；anstatt zu 表示沒去做的事	Paul chattet stundenlang im Internet, anstatt zu arbeiten. （保羅在網上聊天聊了數個鐘頭而不工作。）

分　詞

動詞有三種形式：動詞不定式、帶 **zu** 不定式、分詞。
分詞又有第一分詞、第二分詞兩種。

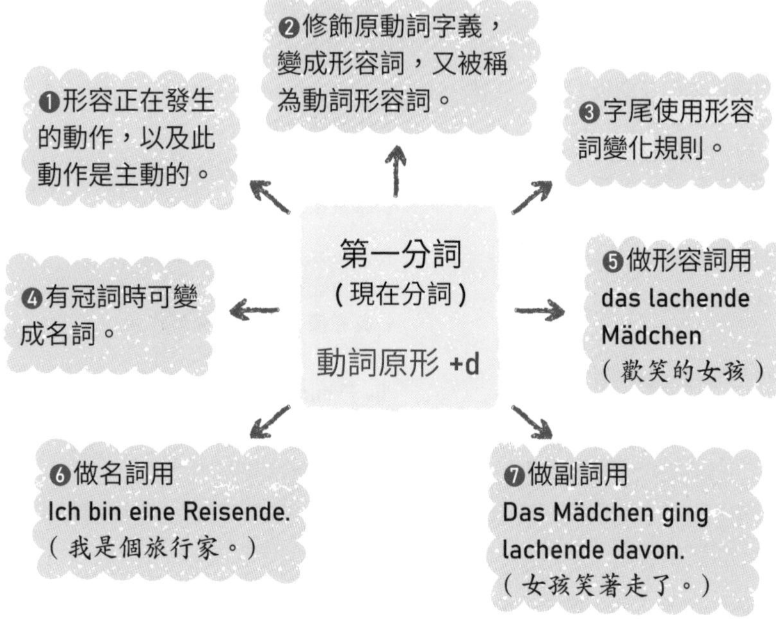
第一分詞
（現在分詞）
動詞原形 +d
❶形容正在發生的動作，以及此動作是主動的。
❷修飾原動詞字義，變成形容詞，又被稱為動詞形容詞。
❸字尾使用形容詞變化規則。
❹有冠詞時可變成名詞。
❺做形容詞用
das lachende Mädchen
（歡笑的女孩）
❻做名詞用
Ich bin eine Reisende.
（我是個旅行家。）
❼做副詞用
Das Mädchen ging lachende davon.
（女孩笑著走了。）

第一分詞（現在分詞）<句型>

Siehst du　den schnell fahrenden　Ferrari ?

第一分詞：動詞原形 + d
fahren → fahrend

字尾要做形容詞變化

（你看到那台開得很快的法拉利嗎？）

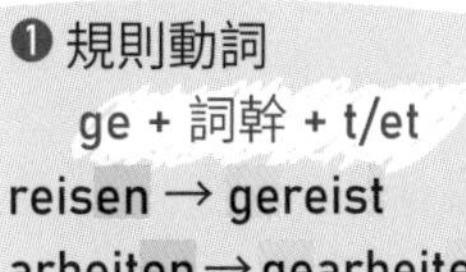

❶ 規則動詞

ge + 詞幹 + t/et

reisen → gereist

arbeiten → gearbeitet

1-2 複合字

前綴詞 + 動詞＝複合字

→前綴詞 +ge + 詞幹 + t

ausruhen → ausgeruht

1-3 複合字

~~ge~~ 詞幹 + t

* 字首

be-,emp-,ent-,er-,ge-,

unter-,ver-,wieder-

erholen → erholt

* 字尾 -ieren

reparieren → repariert

* 有 2 個前綴詞

* vor- + be-

vorbereiten → vorbereitet

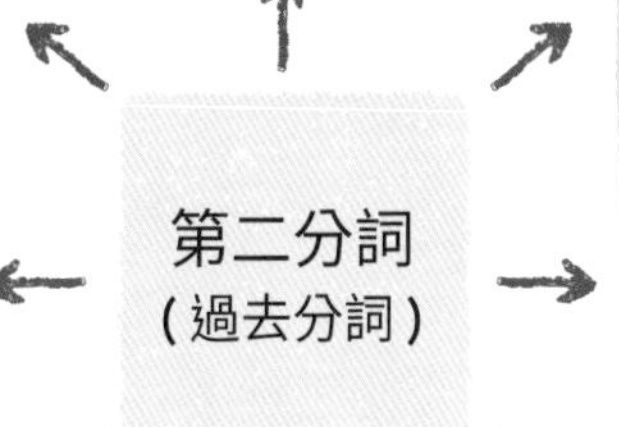

第二分詞

（過去分詞）

❷ 不規則動詞

ge + 詞幹 + en

（不規則變化）

singen → gesungen

2-2 複合字：

前綴詞 + 動詞＝複合字

→前綴詞 +ge + 詞幹 + en

（不規則變化）

aufsteigen → aufgestiegen

2-3 不加 ge 的複合字

* 字首

be-,emp-,ent-,er-,ge-,unter-,

ver-, wieder-

verstehen → verstanden

❸ 完成式句型使用：現在完成式、過去完成式、將來完成式（將來時第二式）、被動式。

❹ 當形容詞用時：修飾已經發生、被動的動作。在名詞前，要使用形容詞變化。在名詞後，不做變化。

der gebissene Apfel

（被咬的蘋果）

❺ 當名詞用

die Verletzte

（女傷者）

第二分詞（過去分詞）<句型>

第二分詞用在現在完成式的句子

Er hat den verwundeten Mann gerettet.

第二分詞用法：當形容詞

字尾要做形容詞變化

（他救了這個受傷的男人。）

第一分詞、第二分詞變化速記

einschenken beobachten vergessen bauen laufen einladen

第一分詞 （現在分詞） 動詞原形 + d	第二分詞 （過去分詞）	
bauend	gebaut	規則動詞 ge + t
einschenkend	eingeschenkt	
laufend	gelaufen	不規則動詞 ge + en
einladend	eingeladen	
beobachtend	beobachtet	~~ge~~ + t
vergessend	vergessen	~~ge~~ + en

分詞當形容詞 -- 字尾變化速記

※ 即字尾做形容詞變化

定冠詞

格	陽性	中性	陰性	複數
Nom.	der -e Mann	das -e Kind	die -e Frau	die -en Tiere
Akk.	den -en Mann	das -e Kind	die -e Frau	die -en Tiere
Dat.	dem -en Mann	dem -en Kind	der -en Frau	den -en Tieren
Gen.	des -en Mannes	des -en Kinds	der -en Frau	der -en Tiere

不定冠詞

格	陽性	中性	陰性
Nom.	ein -er Mann	ein -es Kind	eine -e Frau
Akk.	einen -en Mann	ein -es Kind	eine -e Frau
Dat.	einem -en Mann	einem -en Kind	einer -en Frau
Gen.	eines -en Mannes	eines -en Kinds	einer -en Frau

無冠詞

格	陽性	中性	陰性	複數
Nom.	-er Mann	-es Kind	-e Frau	-e Tiere
Akk.	-en Mann	-es Kind	-e Frau	-e Tiere
Dat.	-em Mann	-em Kind	-er Frau	-en Tieren
Gen.	-en Mannes	-en Kinds	-er Frau	-er Tiere

動詞支配補語

動詞是造句時的主導者，用了哪個動詞，決定後面接的補語要用哪一格 (Nominativ / Akkusativ / Dativ / Genitiv)

1 動詞 + Nominativ

常見動詞：❶ sein ❷ heißen ❸ werden

2 動詞 + Akkusativ

1 haben 2 erzählen 3 machen 4 fahren 5 kaufen 6 geben

3 動詞 + Dativ

不及物動詞：1 helfen 2 wohnen 3 danken

4 動詞 + Genitiv

常見動詞：1 bedürfen 2 bedenken 3 sich bedienen

5 動詞後也可以不接任何詞

常見動詞：1 arbeiten 2 frühstücken 3 schlafen

帶 ZU 不定式

ZU ＋ 動詞原形 ＝ 帶 ZU 不定式

當主句和子句有相同主詞想要省略時，比使用 dass 子句簡短

<句型>

主句：Ich habe vor,　子句：einen Yogakurs zu besuchen.

若主句後直接接帶 zu 不定式，不用逗號

帶 ZU 不定式放句尾

（我打算去參加瑜伽課。）

帶 zu 不定式用法

❶當主句和子句的主詞相同時，可代替 dass 子句，改用 zu 不定式

❷當 zu 和複合字、分離動詞連用時，則是放在 2 個單字之間

❸同時使用 2 個以上動詞時，都要加 zu

❹可以接在其他動詞、名詞、形容詞、分詞後面使用

❺表達意圖、想法

❻表達動作的各階段（開始、過程、結束）

❼常用句型：
Es ist+...+zu 不定式
名詞 +haben...+zu 不定式

❽haben + zu 不定式，具有 müssen 的意思

❾sein + zu 不定式，是 müssen/können 被動式的另一種用法

❿brauchen nicht / kein / nur / erst + zu 不定式，具有 müssen 的意思

⓫表示推測 scheinen + zu 不定式

⓬連詞 um/ohne/anstatt+ zu 不定式

分詞

1 第一分詞（現在分詞）

形容主動發生、正在動作的動詞，把原來的動詞修飾成形容詞，也可做名詞、副詞使用。字尾需做形容詞變化。

第一分詞動詞變化 動詞原形 + d

第一分詞＜句型＞

Siehst du　den schnell fahrenden　Ferrari ?

字尾要做形容詞變化

（你看到那台開得很快的法拉利嗎？）

2 第二分詞（過去分詞）

➡ 修飾被動的動作、形容已經發生的動作，把動詞當做名詞、形容詞用。字尾需做形容詞變化。

➡ 完成式句子使用：現在完成式、過去完成式、未來完成式。以及被動式句子使用。

第二分詞動詞變化

ge ＋ 規則動詞詞幹 ＋ t

ge ＋ 不規則動詞特別變化 ＋ en

第二分詞<句型>

當形容詞

Die gewaschene Wäsche hängt an der Leine.

字尾要做形容詞變化

（洗好的衣服掛在曬衣繩。）

當完成式句子

Ich habe dein Zimmer aufgeräumt.

haben + 第二分詞

（我把你的房間整理好了。）

練習 7 Die Übungen

A 請選出合適單字填入空格。

den x 3　mir　ein　diese

das　getrunken　zum　gehört

gefunden　die x 2　gezeigt　liebt

bringt　gehe　schiebt

1. Harri ________ Shelley.
2. Franz hat ________ Glas Wein ________.
3. Die Mutter ________ ________ Kind in ________ Kindergarten.
4. Vera hat ________ Schlüssel ________.
5. Wem ________ ________ Tasche hier?
6. Ein Verkäufer hat ________ ________ Jacke ________.
7. Ich ________ ________ Zahnarzt.
8. Noah ________ ________ Schrank an ________ Wand.

B 請在空格處填入正確單字變化。

動詞原形	第一分詞	第二分詞
例字：lachen（笑）	lachend	gelacht
❶	freuend（高興地）	
❷		gelaufen（跑）
❸ waschen（洗）		
❹ weinen（哭）		
❺	singend（唱歌）	
❻ folgen（跟隨）		
❼ abholen（迎接、拿取）		
❽	verliebend（熱戀）	
❾		gelanden（著陸降落、到達）
❿ stehlen（偷竊、溜走）		

C 請依題目指示改寫句子。

❶ Henry muss die ganze Nacht arbeiten.

帶 zu 不定式改寫→ ______________________________

____

❷ Wir hoffen sehr, dass wir mit Wohnmobil reisen.

帶 zu 不定式改寫→ ______________________________

____

❸ Wir versuchen, dass wir jeden Samstag wandern.

帶 zu 不定式改寫→ ______________________________

____

❹ Das Mädchen singt. Sie ist nur vier Jahre alt.

使用分詞改寫成一個句子→ ________________________

____

❺ Das neue Kaufhaus eröffnet. Das läuft sehr gut.

使用分詞改寫成一個句子→ ________________________

____

解答在 Seite 335

未來式

未來完成式

現在完成式

現在式

9 句子形式

Die Modi

過去完成式

過去式

句子形式

德文句子有 3 種形式

直述式
Ich male das Bild.
（我畫了那幅畫。）

描述真實發生的事，用於問句時也是直白回答實際情況。

依時態分為：

1. 現在式
2. 現在完成式
3. 過去式
4. 過去完成式
5. 未來式
6. 未來完成式

命令或指示他人的短句。

1 祈使句

不是發生在說話者身上的事，用於轉述、報導、假設、比喻、猜測、期待、祝福。

1 虛擬一式　　2 虛擬二式

時態

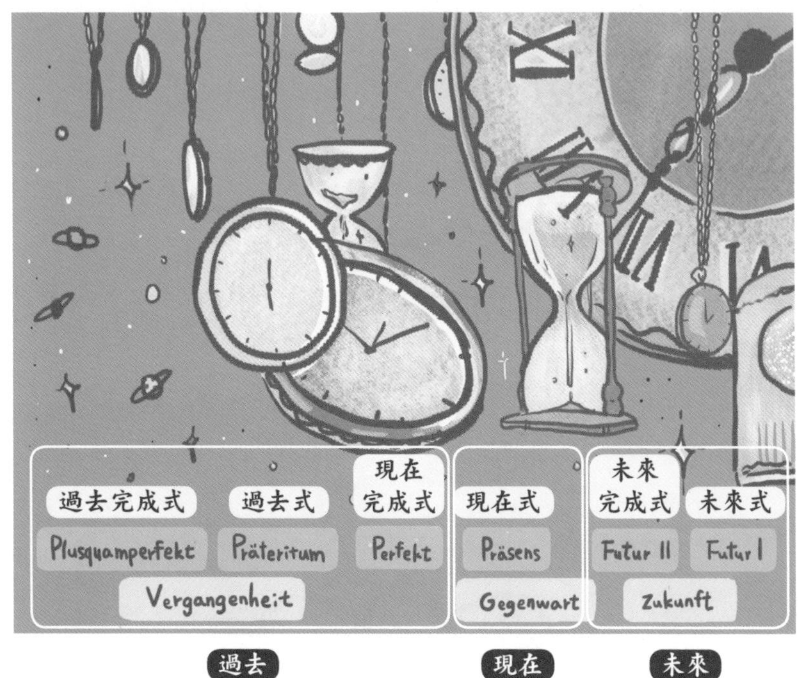

德文的時態直接影響動詞變化，是構成句子的重點。規則動詞有固定的變化，不用特別背，但遇到不規則動詞時，只能找方法記住它了。

不規則動詞記憶口訣以第三人稱唸誦：

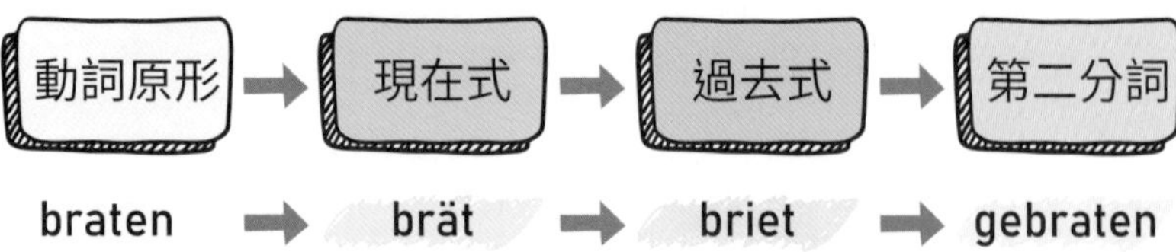

常見動詞變化規則

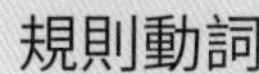

	過去式	完成式
動詞原形	過去時	第二分詞

sagen	**sagte**	**gesagt**

不規則動詞

現在式	過去式	完成式
動詞原形	過去時	第二分詞
 + en	特別變化	ge + 特別變化 + en
singen	**sang**	**gesungen**

現在式

現在式用法

❶發生在當下的事件、動作

Ich **kaufe** mir diese Jacke.
（我給自己買了這件夾克。）

❷重複的動作、規律的活動

Alexander **spielt** vormittags Klavier.
（亞歷山大每天早上彈鋼琴。）

❸從過去一直持續到現在的事件

Jessica **nimmt** seit einem Jahr am Deutschkurs teil.（潔西卡一年前開始上德語課。）

❹指出未來的特定時間段

Die Kinder **machen** morgen einen Ausflug.
（孩子們明天去郊遊。）

❺常識性的、事實真理

Berlin **ist** die Hauptstadt von Deutschland.
（柏林是德國的首都。）

❻敘述歷史事件

Am 9. November 1989 **ist** die Mauer offen.
（在 1989 年 11 月 9 日柏林圍牆開放了。）

⇨ die Mauer 字義為「牆」，柏林圍牆直譯為 die Berliner Mauer，德國習慣特指柏林圍牆時，只用 die Mauer

現在式句型

Fiona ⬅	malt	ein Bild.	（費歐娜畫了一張圖。）
主詞	動詞依人稱 做現在式變化	受詞	

助動詞的現在式變化

※ 也可以當獨立動詞使用

人稱	sein	haben	werden
ich	bin	habe	werde
du	bist	hast	wirst
er/es/sie	ist	hat	wird
wir	sind	haben	werden
ihr	seid	habt	werdet
Sie/sie	sind	haben	werden

情態動詞的現在式變化

人稱	wollen	sollen	müssen	können	dürfen	mögen
ich	will	soll	muss	kann	darf	mag
du	willst	sollst	musst	kannst	darfst	magst
er/es/sie	will	soll	muss	kann	darf	mag
wir	wollen	sollen	müssen	können	dürfen	mögen
ihr	wollt	sollt	müsst	könnt	dürft	mögt
Sie/sie	wollen	sollen	müssen	können	dürfen	mögen

規則動詞的現在式變化

人稱	suchen	規則動詞字尾變化速記
ich	suche	-e
du	suchst	-st
er/es/sie	sucht	-t
wir	suchen	-en
ihr	sucht	-t
Sie/sie	suchen	-en

現在完成式

現在完成式用法

❶ 敘述發生在過去的動作，主要用在口語表達
❷ 從過去到現在持續發生的動作
❸ 私人或半官方書面也可使用
❹ 使用到情態動詞時，多改用過去式

現在完成式 ＝ haben / sein ＋ 第二分詞 (過去分詞)

動詞變化→第二分詞

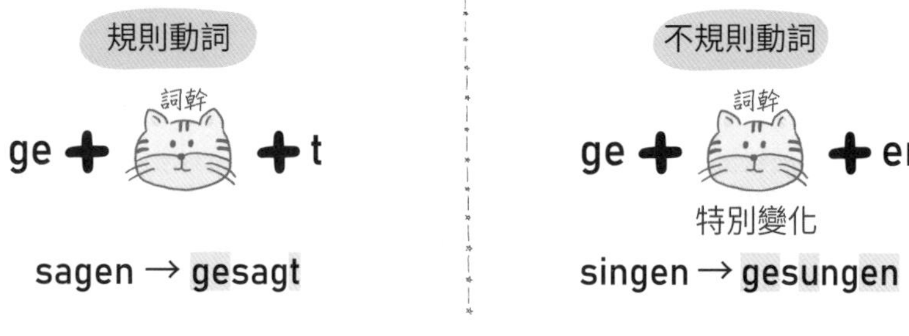

現在完成式句型

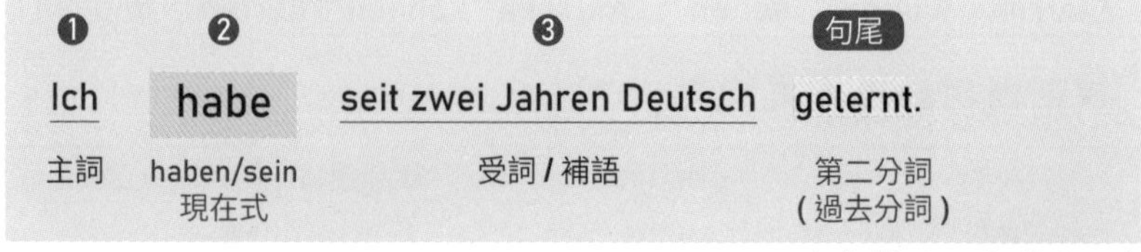

❶ Ich 主詞
❷ habe haben/sein 現在式
❸ seit zwei Jahren Deutsch 受詞 / 補語
句尾 gelernt. 第二分詞 (過去分詞)

(我學了 2 年德文。)

haben + 第二分詞

第二分詞大部分使用 haben

Sie hat die Schuhe gekauft.（她買了那雙鞋。）

反身動詞使用 haben

Kinder haben sich gewaschen.（孩子們已洗好澡了。）

sein + 第二分詞

有移動、有明顯變化的情形

David ist nach Berlin geflogen.（大衛已經飛往柏林。）

常見使用 sein 的動詞

bleiben → geblieben（停留）
fallen → gefallen（掉落）
fließen → geflossen（流入）
gehen → gegangen（走）
kommen → gekommen（到達）
passieren → passiert（發生）
sein → gewesen（是、在、處於）
werden → geworden（變成）

haben / sein 皆可 + 第二分詞

雖有移動的情形，視語意強調重點，而選用 haben

David hat mit dem Heißluftballon nach Berlin gefahren.（大衛搭乘熱汽球去柏林。）

常見動詞

abbiegen → abgebogen（拐彎）
anziehen → angezogen（穿上）
bekommen → bekommen（得到、收到）
brechen → gebrochen（打斷、破裂）
fahren → gefahren（行駛）
fliegen → geflogen（飛）
fliehen → geflohen（逃走）
stehen → gestanden（站立、位於）

使用到 2 個動詞時

haben/sein + 動詞原形 + 第二分詞

Wir sind gestern spazieren gegangen.（我們昨天去散步了。）

haben/sein + 動詞原形 + lassen / sehen / hören

Ich habe die Kinder singen hören.（我聽到孩子們唱歌。）

過去式

過去式用法

❶ 敘述發生在過去的動作時使用，主要用於書面報告、文章、故事、文學作品。

❷ 口語說明過去發生的事，會用現在完成式。

❸ 助動詞 haben 和 sein、情態動詞，多用過去式做口語說明。

過去式句型

Picasso ← malte das Bild. （畢卡索畫了那幅畫。）

主詞 / 動詞依人稱做過去式變化 / 受詞

助動詞的過去式變化

人稱	sein	haben	werden
ich	war	hatte	wurde
du	warst	hattest	wurdest
er/es/sie	war	hatte	wurde
wir	waren	hatten	wurden
ihr	wart	hattet	wurdet
Sie/sie	waren	hatten	wurden

情態動詞的過去式變化

人稱	wollen	sollen	müssen	können	dürfen	mögen
ich	wollte	sollte	musste	konnte	durfte	mochte
du	wolltest	solltest	musstest	konntest	durftest	mochtest
er/es/sie	wollte	sollte	musste	konnte	durfte	mochte
wir	wollten	sollten	mussten	konnten	durften	mochten
ihr	wolltet	solltet	musstet	konntet	durftet	mochtet
Sie/sie	wollten	sollten	mussten	konnten	durften	mochten

★特別注意！ möchten 是 mögen 動詞變化用字

規則動詞的過去式變化

人稱	suchen	規則動詞字尾變化速記
ich	suchte	-te
du	suchtest	-test
er/es/sie	suchte	-te
wir	suchten	-ten
ihr	suchtet	-tet
Sie/sie	suchten	-ten

不規則動詞的動詞變化

速記不規則動詞的動詞變化，以第三人稱變化來背誦，口訣如下：

動詞原形 → 現在式 → 過去式 → 第二分詞

生活常用不規則動詞（第三人稱變化）

動詞原形	現在式	過去式	第二分詞
beißen（咬、啃）	beißt	biss	hat gebissen
bringen（帶來、送去）	bringt	brachte	hat gebracht
denken（想到、認爲）	denkt	dachte	hat gedacht
essen（吃）	isst	aß	hat gegessen
fahren（行駛、搭乘）	fährt	fuhr	hat / ist gefahren
finden（找到、覺得）	findet	fand	hat gefunden
geben（給）	gibt	gab	hat gegeben
gehen（去）	geht	ging	ist gegangen
halten（拿著、抓住）	hält	hielt	hat gehalten
hängen（掛上去、吊著）	hängt	hing	hat gehangen
helfen（幫助）	hilft	half	hat geholfen

kennen（認識、知道）	kennt	kannte	hat gekannt
kommen（過來、走到…去、得到）	kommt	kam	ist gekommen
laufen（跑、走路）	läuft	lief	hat/ ist gelaufen
lesen（讀）	liest	las	hat gelesen
liegen（躺、位於）	liegt	lag	hat/ist gelegen
messen（秤、量）	misst	maß	hat gemessen
nehmen（取走、吃、服用、搭乘）	nimmt	nahm	hat genommen
rufen（呼叫）	ruft	rief	hat gerufen
schlafen（睡覺）	schläft	schlief	hat geschlafen
sehen（看）	sieht	sah	hat gesehen
sitzen（坐）	sitzt	saß	hat/ist gesessen
sprechen（說）	spricht	sprach	hat gesprochen
stehen（站立）	steht	stand	hat/ist gestanden
treffen（遇到）	trifft	traf	hat/ist getroffen
trinken（喝）	trinkt	trank	hat getrunken
tun（做）	tut	tat	hat getan
waschen（清洗、洗澡）	wäscht	wusch	hat gewaschen
ziehen（穿上）	zieht	zog	hat/ist gezogen

過去完成式

過去完成式用法

更早前發生的事　　過去發生的事　　現在

❶ 敘述發生在過去、以及更早之前 2 個時間點的事。常用在書面文章。

❷ 由於是敘述已發生的 2 個時間點的事，無法用一個句子說明，需搭配過去式或現在完成式，用主句 + 子句的句型，或是 2 個句子才能完整表達。

主句	子句
Die Kinder hatten sich gewaschen,	bevor die Mutter heimkam.
⇨ 發生在更早之前的事：過去完成式	⇨ 離現在較近的過去時間點：過去式

（在媽媽回家前孩子們已洗好澡了。）

依動詞決定搭配的助動詞

過去完成式 ＝ haben / sein ＋ 第二分詞（過去分詞）

haben / sein 過去式

過去完成式動詞變化

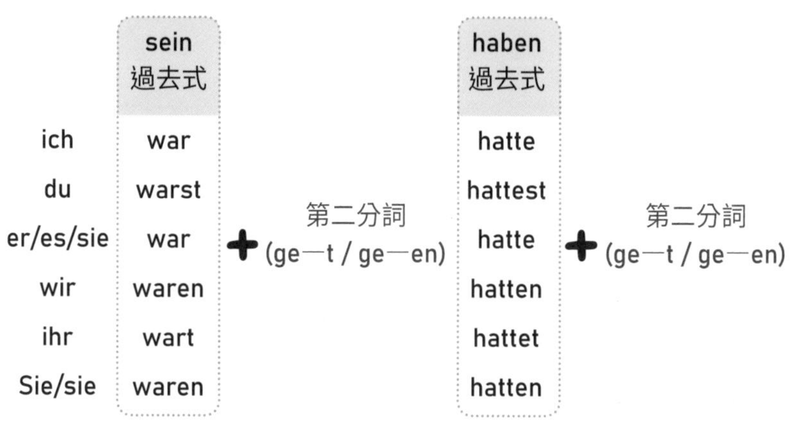

	sein 過去式		haben 過去式	
ich	war		hatte	
du	warst		hattest	
er/es/sie	war	+ 第二分詞 (ge—t / ge—en)	hatte	+ 第二分詞 (ge—t / ge—en)
wir	waren		hatten	
ihr	wart		hattet	
Sie/sie	waren		hatten	

過去完成式句型

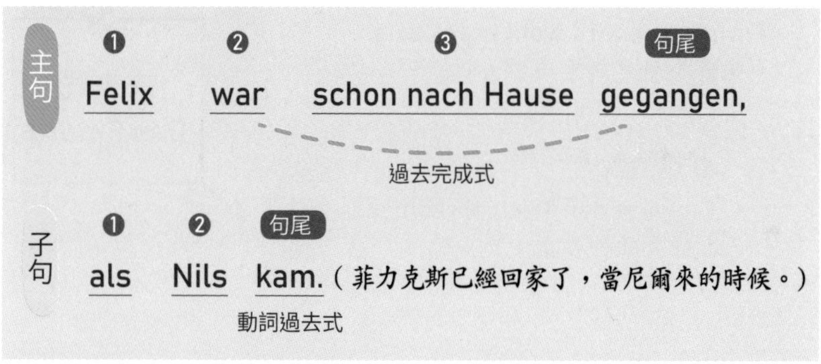

主句
❶ Felix ❷ war ❸ schon nach Hause 句尾 gegangen,
過去完成式
子句
❶ als ❷ Nils 句尾 kam.（菲力克斯已經回家了，當尼爾來的時候。）
動詞過去式

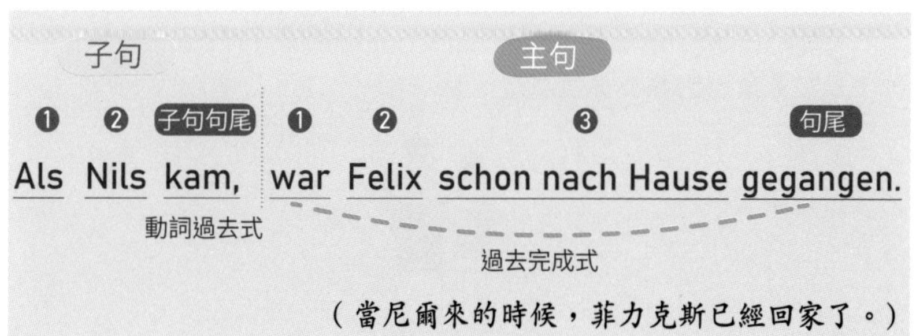

未來式

未來式用法

❶ 當說話者想表達很堅定的意志或意圖，像是預告或計畫，或是猜測某事、強烈要求他人時。

❶ 預告

Nächsten Monat werden die Preise steigen.
（下個月價格將會調漲。）

❷ 表達強烈的意圖

Morgen werde ich mit dem Trinken aufhören.
（我明天開始戒酒。）

❸ 猜測：常和副詞 wohl/vermutlich/wahrscheinlich 連用

Frau Bauer wird wohl krank sein.
（鮑爾小姐可能生病了。）

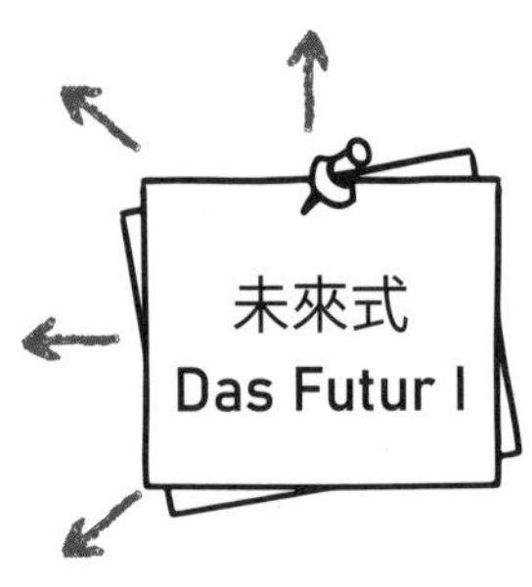

❹ 強烈要求

Du wirst den Tisch abräumen.
（你去收拾餐桌。）

❷ 敘述未來發生的事，德語裡常用現在式＋未來時間來表達。
Nächste Woche wollen wir nach Deutschland reisen.
（下星期我們要去德國旅行。）

未來式句型

未來式動詞變化

人稱	werden 現在式變化 + 動詞原形
ich	werde reisen
du	wirst reisen
er/es/sie	wird reisen
wir	werden reisen
ihr	werdet reisen
Sie/sie	werden reisen

未來完成式

未來完成式用法

❶敘述在未來特定時間點發生的事。

Frau Bauer **wird** nächsten Monat nach München **gezogen sein**.（鮑爾小姐下個月搬到慕尼黑。）

❷猜測過去可能發生的事。

Der Mörder **wird** wohl von hier **entkommen sein**.
（兇手可能從這裡逃走的。）

❸強烈要求在特定時間點完成的事。

Sie **wird** alles Geschirr um fünf Uhr **abgewaschen haben**.
（她要在 5 點前洗完全部的餐具。）

未來完成式句型

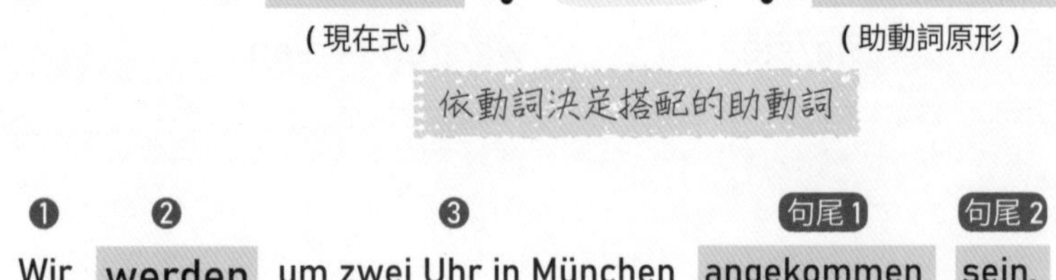

❶ Wir ❷ werden ❸ um zwei Uhr in München 句尾1 angekommen 句尾2 sein.

werden 現在式變化 / 第二分詞 / 助動詞原形

（我們將會在 2 點抵達慕尼黑。）

未來完成式動詞變化

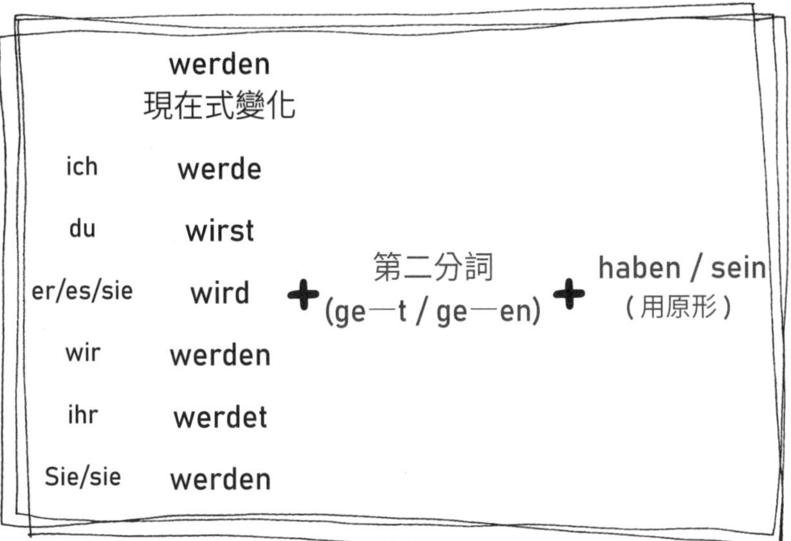

	werden 現在式變化				
ich	werde				
du	wirst				
er/es/sie	wird	+	第二分詞 (ge—t / ge—en)	+	haben / sein （用原形）
wir	werden				
ihr	werdet				
Sie/sie	werden				

重點複習
Die Wiederholung

直述式句型

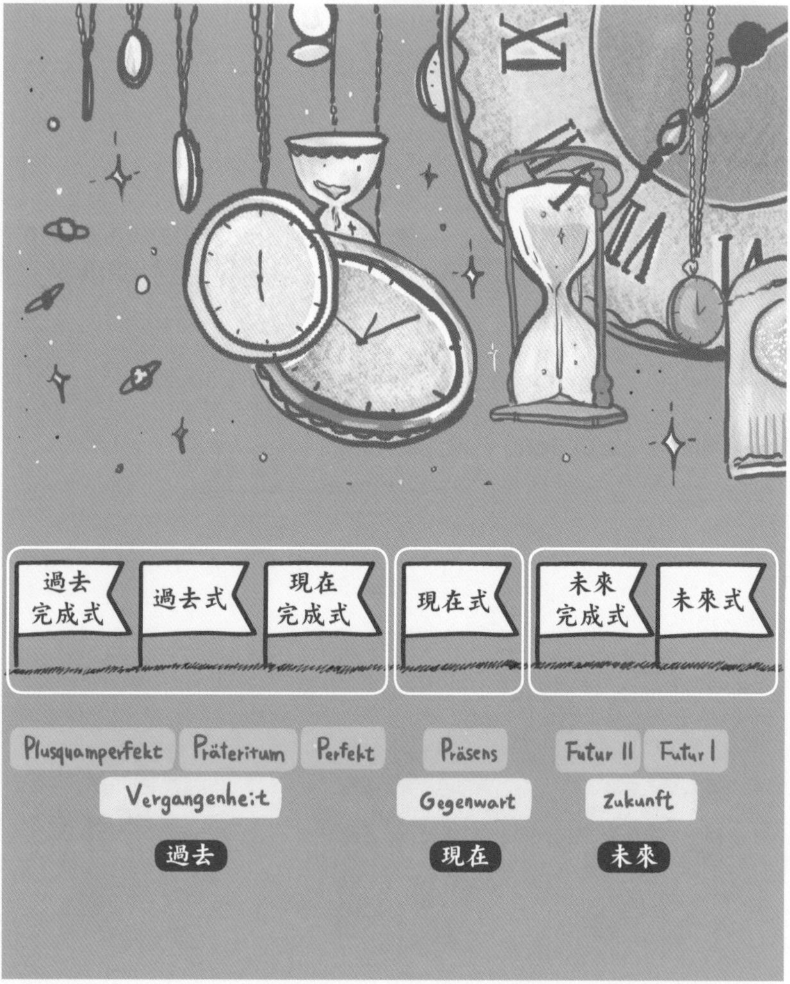

過去完成式	過去式	現在完成式	現在式	未來完成式	未來式
Plusquamperfekt	Präteritum	Perfekt	Präsens	Futur II	Futur I
Vergangenheit			Gegenwart	Zukunft	
過去			現在	未來	

常見動詞變化規則

規則動詞

現在式

動詞原形

字尾變化速記

ich	-e
du	-st
er/sie/es	-t
wir	-en
ihr	-t
Sie/sie	-en

過去式

過去時

字尾變化速記

-te
-test
-te
-ten
-tet
-ten

完成式

第二分詞

字尾變化速記

統一

ge+ -t

不規則動詞

現在式

動詞原形

字尾變化速記

ich	特別變化
du	特別變化 +st
er/sie/es	特別變化
wir	-en
ihr	-t
Sie/sie	-en

過去式

過去時

特別變化

完成式

第二分詞

ge + 特別變化 + en

字尾變化速記

ge+ 特別變化 +en

⇨ 有許多不規則動詞變化的規律同此，但仍有其他不規則動詞是特別變化。

現在式、過去式句型

現在式句型 ❶ Fiona ❷ malt ❸ ein Bild.（費歐娜畫了一張圖。）

過去式句型 ❶ Picasso ❷ malte ❸ das Bild.（畢卡索畫了那幅畫。）

動詞放第 2 位置，依人稱、時態變化

現在完成式句型

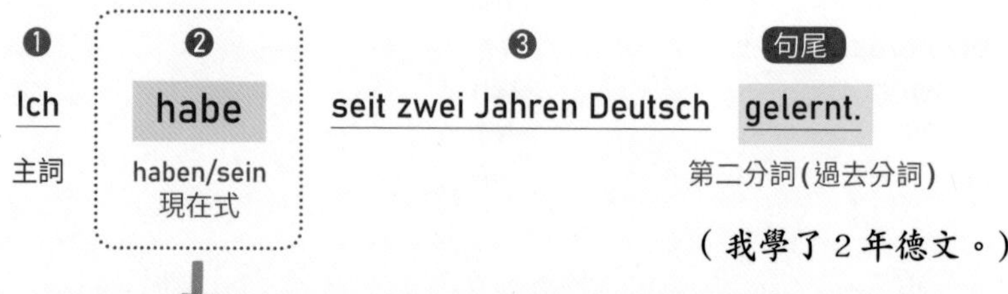

（我學了 2 年德文。）

使用 haben	使用 sein	haben / sein 皆可
第二分詞大部分使用 haben	有移動、有明顯變化的情形	雖有移動的情形，視語意強調重點，而選用 haben
反身動詞使用 haben		

使用到 2 個動詞時

haben/sein + 動詞原形 + 第二分詞

haben/sein + 動詞原形 + lassen / sehen / hören

過去完成式句型

haben/sein 過去式變化 + 第二分詞

➩ 需要以主句 + 子句方式、或 2 個句子才能完整表達：
過去式 + 過去完成式、現在完成式 + 過去完成式。

（當尼爾來的時候，菲力克斯已經回家了。）

未來式句型

❶	❷	❸	句尾
Wir	werden	nach Deutschland	reisen.
	werden 現在式變化		動詞原形

未來完成式句型

❶	❷	❸	句尾 1	句尾 2
Wir	werden	um zwei Uhr in München	angekommen	sein.
主詞	werden 現在式變化		第二分詞	助動詞原形

（我們將會在 2 點抵達慕尼黑。）

助動詞 sein 動詞變化

	現在式	過去式	現在完成式		過去完成式	
ich	bin	war	bin	+ gewesen	war	+ gewesen
du	bist	warst	bist		warst	
er/es/sie	ist	war	ist		war	
wir	sind	waren	sind		waren	
ihr	seid	wart	seid		wart	
Sie/sie	sind	waren	sind		waren	

助動詞 haben 動詞變化

	現在式	過去式	現在完成式		過去完成式	
ich	habe	hatte	habe	+ gehabt	hatte	+ gehabt
du	hast	hattest	hast		hattest	
er/es/sie	hat	hatte	hat		hatte	
wir	haben	hatten	haben		hatten	
ihr	habt	hattet	habt		hattet	
Sie/sie	haben	hatten	haben		hatten	

助動詞 werden 動詞變化

	現在式	過去式	現在完成式		過去完成式	
ich	werde	wurde	bin	+geworden	war	+geworden
du	wirst	wurdest	bist		warst	
er/es/sie	wird	wurde	ist		war	
wir	werden	wurden	sind		waren	
ihr	werdet	wurdet	seid		wart	
Sie/sie	werden	wurden	sind		waren	

情態動詞 wollen 動詞變化

	現在式	過去式	現在完成式		過去完成式	
ich	will	wollte	habe	+ gewollt 或 wollen	hatte	+ gewollt 或 wollen
du	willst	wolltest	hast		hattest	
er/es/sie	will	wollte	hat		hatte	
wir	wollen	wollten	haben		hatten	
ihr	wollt	wolltet	habt		hattet	
Sie/sie	wollen	wollten	haben		hatten	

情態動詞 sollen 動詞變化

	現在式	過去式	現在完成式		過去完成式	
ich	soll	sollte	habe	+ gesollt 或 sollen	hatte	+ gesollt 或 sollen
du	sollst	solltest	hast		hattest	
er/es/sie	soll	sollte	hat		hatte	
wir	sollen	sollten	haben		hatten	
ihr	sollt	solltet	habt		hattet	
Sie/sie	sollen	sollten	haben		hatten	

情態動詞 müssen 動詞變化

	現在式	過去式	現在完成式		過去完成式	
ich	muss	musste	habe	+ gemusst 或 müssen	hatte	+ gemusst 或 müssen
du	musst	musstest	hast		hattest	
er/es/sie	muss	musste	hat		hatte	
wir	müssen	mussten	haben		hatten	
ihr	müsst	musstet	habt		hattet	
Sie/sie	müssen	mussten	haben		hatten	

情態動詞 können 動詞變化

	現在式	過去式	現在完成式		過去完成式	
ich	kann	konnte	habe	+gekonnt	hatte	+gekonnt
du	kannst	konntest	hast		hattest	
er/es/sie	kann	konnte	hat		hatte	
wir	können	konnten	haben		hatten	
ihr	könnt	konntet	habt		hattet	
Sie/sie	können	konnten	haben		hatten	

情態動詞 dürfen 動詞變化

	現在式	過去式	現在完成式		過去完成式	
ich	darf	durfte	habe	+ gedurft 或 dürfen	hatte	+ gedurft 或 dürfen
du	darfst	durftest	hast		hattest	
er/es/sie	darf	durfte	hat		hatte	
wir	dürfen	durften	haben		hatten	
ihr	dürft	durftet	habt		hattet	
Sie/sie	dürfen	durften	haben		hatten	

情態動詞 mögen 動詞變化

	現在式	過去式	現在完成式		過去完成式	
ich	mag	mochte	habe	+gemocht	hatte	+gemocht
du	magst	mochtest	hast		hattest	
er/es/sie	mag	mochte	hat		hatte	
wir	mögen	mochten	haben		hatten	
ihr	mögt	mochtet	habt		hattet	
Sie/sie	mögen	mochten	haben		hatten	

練習 8 Die Übungen

A 請填入正確的動詞變化。

	規則動詞 現在式	規則動詞 過去式	不規則動詞 現在式	不規則動詞 過去式	不規則動詞 過去式
動詞原形	kochen	glauben	laufen	gehen	finden
ich	koche			ging	fand
du					
er/es/sie			läuft		
wir		glaubten	laufen		
ihr					
Sie/sie	kochen				
第二分詞（過去分詞）	gekocht				

B 請依題目指示，填入正確的動詞變化。

動詞原形	現在式：第 2 人稱 du	現在式：第 3 人稱 er/sie/es	過去式：第 2 人稱 du	過去式：第 3 人稱 er/sie/es	第二分詞（過去分詞）
sein					
haben					
werden					
dürfen					
können					
sollen					
müssen					
wollen					
mögen					

C 請根據後面的提示完成句子。

❶ Mein Papa ________ immer Kaffee zum Frühstück.
(trinken、現在式)

❷ Ich ________ um sieben ________. (aufstehen、現在式)

❸ Gestern ________ ich beim Arzt. (sein、過去式)

❹ Peter ________ sich in Mia ________.
(haben/verlieben、現在完成式)

❺ Herr Schulze ________ einen Roman ________.
(haben/schreiben、現在完成式)

❻ Er ________ erst, nachdem sie ____________ ________.
(kommen / haben/ essen、過去式和過去完成式)

❼ Das Flugzeug ________ schon ________, als ich am Flughafen ________.
(sein/starten/ankommen、過去式和過去完成式)

❽ Ich ________ nächstes Jahr zum Oktoberfest ________.
(werden/fahren、未來式)

❾ Er ________ wohl über das Angebot ________.
(werden/nachdenken、未來式)

❿ Bis morgen ________ ich den Bericht fertig ________ ________. (werden/schreiben/haben、未來完成式)

解答在 Seite 336

Wenn ich fliegen könnte......

10 命令式、虛擬式
Der Imperativ、Der Konjunktiv

命令式

命令式用法

❶使用對象：du（你）/ ihr（你們）/ Sie（尊稱您之單複數）
❷指示語氣　❸命令語氣　❹提出建議
❺要求、請求　❻警告

命令式句型－祈使句

動詞放句首　du/ ihr 省略

Mach ~~du~~ die Tür zu!　（把門關上！）

命令式動詞變化

動詞放句首　尊稱不省略

Schreiben Sie hier.　（請您寫在這裡。）

命令式動詞變化

使用分離動詞時　weggehen 前綴詞放句尾

Geh weg!（走開！）

命令式動詞變化

	一般變化	命令式變化	
人稱	kommen	kommen	
du	kommst	komm	字尾 ~~-st~~
ihr	kommt	kommt	不變
Sie	kommen	kommen	不變

詞幹字尾 -d, -t, -ig 動詞

直述式：一般變化	命令式變化
du achtest	acht / achte
命令式變化：字尾 -est，可全部去掉，也可只留字尾 -e	

詞幹有 -m-, -n-, -lm-, -rn-, -hm- 動詞

直述式：一般變化	命令式變化
du ordnest	ordne
命令式變化：去掉字尾 -st，只留 -e	

詞幹字尾 -eln 動詞

直述式：一般變化	命令式變化
du wechselst	wechsle
命令式變化：去掉字尾 -st， -el 也改成 -le	

強變化動詞母音由 a → ä

直述式：一般變化	命令式變化
du fährst	fahr
命令式變化：去掉字尾 -st， ä 也回復為 a	

助動詞的命令式變化

人稱	haben	sein	werden
du	hab	sei	werd(e)
ihr	habt	seid	werdet
Sie	haben	seien	werden

虛擬式

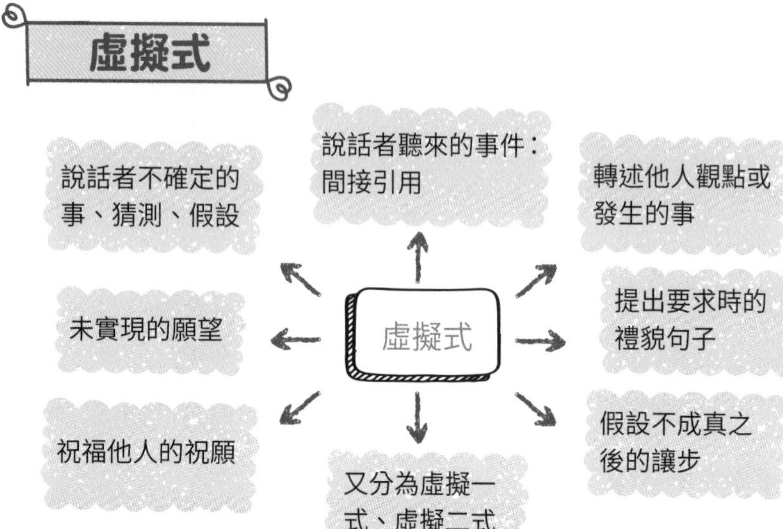

虛擬一式

虛擬一式用法

1. 多用於報導、文章，以間接引用呈現，指出不是發生在說話者身上的事，而是轉述他人發生的事或觀點。

2. 只有一句的句型時，用在祝願、強烈的願望。
例句：**Gott sei Dank!**（感謝老天！）

直接引用→直述式：有上下引號
Barbara hat mir gesagt, „ Ich bin in der Bibliothek. “
（芭芭拉跟我說：我在圖書館。）

間接引用→虛擬一式：沒有引號，需注意人稱調整和時態
Barbara hat mir gesagt, sie sei in der Bibliothek.

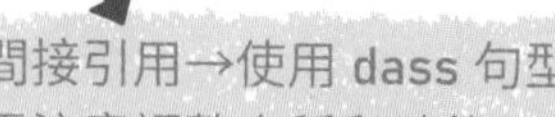

間接引用→使用 dass 句型，需注意調整人稱和時態
Barbara hat mir gesagt, dass sie in der Bibliothek sei.

（芭芭拉跟我說她在圖書館。）

虛擬一式句型

虛擬一式在使用上可視為只有 2 種時態：現在式 (虛擬一式)、現在完成式 (sei / habe+ 第二分詞)。由於動詞變化容易混淆，在使用上常被虛擬二式替代。

＜現在式＞：用在表達現在、未來發生的事

主句　　子句

Barbara sagte, Elias sei in der Bibliothek.

sagte：現在式 / 過去式動詞變化
sei：虛擬一式之現在式變化

（芭芭拉說艾利亞斯在圖書館。）

＜現在完成式＞：表達過去時態的事

主句　　子句

Barbara sagte, Elias sei in die Bibliothek gegangen.

sagte：現在式 / 過去式動詞變化
sei ... gegangen：虛擬一式之現在完成式變化：habe / sei + 第二分詞

（芭芭拉說艾利亞斯去了圖書館。）

＜疑問句＞：

❶ 使用 w 疑問詞

Er fragte, wo Elias sei.

fragte：現在式 / 過去式動詞變化
wo：表示疑問連詞 was, wer, wie, wann, wo
sei：虛擬一式之現在式變化

❷ 無 w 疑問詞時

Er fragte Elias, ob er mitkomme.

fragte：現在式 / 過去式動詞變化
ob：常用 ob 引導子句
mitkomme：虛擬一式動詞變化

虛擬一式動詞變化

使用時，和直述式動詞變化相同的，會改用虛擬二式的動詞變化。

規則動詞

人稱	現在式	字尾變化速記	現在完成式		變化速記
ich	suche	-e	habe	+gesucht	-e + ge-t
du	suchest	-est	habest		-est + ge-t
er/es/sie	suche	-e	habe		-e + ge-t
wir	suchen	-en	haben		-en + ge-t
ihr	suchet	-et	habet		-et + ge-t
Sie/sie	suchen	-en	haben		-en + ge-t

助動詞 sein 虛擬一式變化

ich	sei
du	sei(e)st
er/es/sie	sei
wir	seien
ihr	seiet
Sie/sie	seien

被虛擬二式取代：例字

動詞原形	haben	werden	wollen	müssen
ich	habe → hätte	werde → würde	wolle	müsse
du	habest → hättest	werdest → würdest	wollest → wolltest	müssest → müsstest
er/es/sie	habe	werde	wolle	müsse
wir	haben → hätten	werden → würden	wollen → wollten	müssen → müssten
ihr	habet → hättet	werdet → würdet	wollet → wolltet	müsset → müsstet
Sie/sie	haben → hätten	werden → würden	wollen → wollten	müssen → müssten

間接引用常見動詞：虛擬一式常見引導字

antworten	回答
behaupten	聲稱
berichten	報告
denken	想到
erklären	說明
erzählen	講述
fragen	問
glauben	相信
hoffen	希望
hören	聽到
meinen	認為
sagen	說
schreiben	寫
wünschen	祝願

虛擬二式

虛擬二式用法

1 禮貌詢問、請求。

例如點餐時常用 Ich hätte gern…開頭句子。
Ich hätte gern einen Kaffee.（我想要咖啡。）
常用情態動詞 können, dürfen 表達客氣詢問對方。

2 提出願望、希望。

用 wenn 引導，例如「wenn ich……wäre」句型（如果我是…）
Wenn ich Millionär wäre…（如果我是百萬富翁…）
這類不是現實的願望，若省略 wenn，變化動詞要放在句首。使用時還可加上 doch, nur 來加強語氣。

3 不是事實的想像、有條件的假設。

常用 wenn 引導。
例句：
Wenn der Zug sich verspätete, würden wir den Flugzeug verpassen.（如果火車誤點，我們會錯過飛機。）
這類有條件的假設，有時還可加上
sonst（要不然）/ andernfalls（否則）。

4 不是事實的比較。

用 als ob 引導，若省略 ob，比較句裡的變化動詞要放在 als 之後。
例句：
Er spricht, als ob er Chef wäre.
（他說得好像他就是老闆一樣。）

5 轉述他人觀點、故事之類的報導，書面用虛擬一式，口語用虛擬二式。

6 當使用虛擬一式和直述式的動詞變化沒有區別時，用虛擬二式替代。

虛擬二式句型

Wenn ich im Lotto gewänne, würde ich eine Insel kaufen.

虛擬二式常用連接詞（Wenn）　虛擬二式動詞變化（gewänne）　虛擬二式常用句型：würden + 動詞原形

（如果我中了樂透，我會買下一座小島。）

由於虛擬二式的動詞變化，和直述式的過去式變化容易混淆，因此口語常改用此句型：

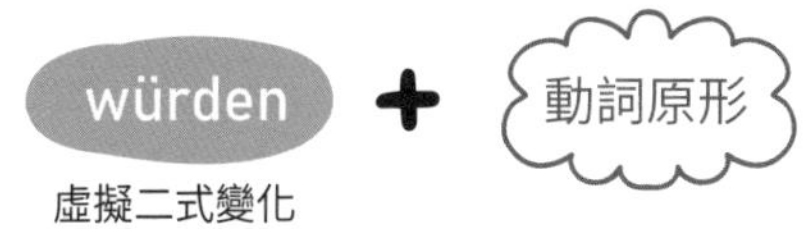

虛擬二式變化

※ 助動詞 haben 和 sein 大多不用 würden 代替，仍使用虛擬二式變化：hätten 和 wären

※ 情態動詞也不用代替。

虛擬二式未來式，可視為 würden 句型，需特別注意。

<未來式>：

würden + 動詞原形

虛擬二式變化

<未來完成式>：

würden + 第二分詞 + haben/sein 原形

虛擬二式變化

虛擬二式動詞變化

虛擬二式的動詞變化只有過去時態：過去式（虛擬二式）、過去完成式。

規則動詞

人稱	過去式	字尾變化速記	過去完成式 hätten + ge-t	
ich	suchte	-te	hätte	gesucht
du	suchtest	-test	hättest	
er/es/sie	suchte	-te	hätte	
wir	suchten	-ten	hätten	
ihr	suchtet	-tet	hättet	
Sie/sie	suchten	-ten	hätten	

不規則動詞 過去式變化→母音 a/o/u 動詞，虛擬二式變化→ ä/ö/ü

人稱	kommen → kamen	erziehen → erzogen	fahren → fuhren	字尾變化速記
ich	käme	erzöge	führe	-e
du	kämest	erzögest	führest	-est
er/es/sie	käme	erzöge	führe	-e
wir	kämen	erzögen	führen	-en
ihr	kämet	erzöget	führet	-et
Sie/sie	kämen	erzögen	führen	-en

助動詞變化

人稱	sein	haben	werden
ich	wäre	hätte	würde
du	wär(e)st	hättest	würdest
er/es/sie	wäre	hätte	würde
wir	wären	hätten	würden
ihr	wäret	hättet	würdet
Sie/sie	wären	hätten	würden

情態動詞變化

人稱	wollen	sollen	müssen	können	dürfen
ich	wollte	sollte	müsste	könnte	dürfte
du	wolltest	solltest	müsstest	könntest	dürftest
er/es/sie	wollte	sollte	müsste	könnte	dürfte
wir	wollten	sollten	müssten	könnten	dürften
ihr	wolltet	solltet	müsstet	könntet	dürftet
Sie/sie	wollten	sollten	müssten	könnten	dürften

⇨ 依母音 a/o/u 變 ä/ö/ü 的規則，wollen 和 sollen 例外

情態動詞 mögen 虛擬式用法

用法	祝賀詞使用，意為「祝…」	❶禮貌語氣提出要求，例如點餐時使用。 ❷表示非現實的希望，例如語意「但願…」。
人稱	虛擬一式	虛擬二式
ich	möge	möchte
du	mögest	möchtest
er/es/sie	möge	möchte
wir	mögen	möchten
ihr	möget	möchtet
Sie/sie	mögen	möchten

重點複習 Die Wiederholung

命令式

命令式用法

❶ 使用對象：du（你）/ ihr（你們）/ Sie（尊稱您之單複數）

❷ 指示語氣　❸ 命令語氣　❹ 提出建議

❺ 要求、請求　❻ 警告

命令式句型

動詞放句首　du/ ihr 省略

Mach ~~du~~ die Tür zu!（把門關上！）

命令式動詞變化　Sie

尊稱不省略

使用分離動詞時　weggehen → Geh weg!（走開！）

命令式動詞變化

	大部分動詞	詞幹字尾 -d, -t, -ig 動詞	詞幹有 -m-, -n-, -lm-, -rn-, -hm-	詞幹字尾 -eln 動詞	強變化動詞母音由 a → ä
du	字尾 ~~-st~~	字尾 -est，可全部去掉，也可只留字尾 -e	字尾 ~~-st~~，只留 -e	字尾 ~~-st~~，-el 也改成 -le	字尾 ~~-st~~，ä 也回復為 a
ihr	不變				
Sie	不變				

虛擬一式

虛擬一式用法

1 多用於報導、文章，以間接引用呈現，指出不是發生在說話者身上的事，而是轉述他人發生的事或觀點。

2 只有一句的句型時，用在祝願、強烈的願望。

虛擬一式句型

虛擬一式在使用上可視為只有 2 種時態：現在式 (虛擬一式)、現在完成式 (sei / habe+ 第二分詞)。

<現在式>：用在表達現在、未來發生的事

主句 | 子句

Barbara sagte, Elias sei in der Bibliothek.

sagte：現在式 / 過去式動詞變化　sei：虛擬一式之現在式變化

(芭芭拉說艾利亞斯在圖書館。)

<現在完成式>：表達過去時態的事

主句 | 子句

Barbara sagte, Elias sei in die Bibliothek gegangen.

sagte：現在式 / 過去式動詞變化　sei … gegangen：虛擬一式之現在完成式變化：habe / sei + 第二分詞

(芭芭拉說艾利亞斯去了圖書館。)

<疑問句>：

❶ 使用 w 疑問詞

Er fragte, wo Elias sei.

fragte：現在式 / 過去式動詞變化　wo：表示疑問連詞 was, wer, wie, wann, wo　sei：虛擬一式之現在式變化

❷ 無 w 疑問詞時

Er fragte Elias, ob er mitkomme.

fragte：現在式 / 過去式動詞變化　ob：常用 ob 引導子句　mitkomme：虛擬一式動詞變化

虛擬一式動詞變化

特別注意！使用時，和直述式動詞變化相同的，會改用虛擬二式的動詞變化。

規則動詞 變化速記

人稱	現在式	字尾變化速記	現在完成式		變化速記
ich	suche	-e	habe	+ gesucht	-e + ge-t
du	suchest	-est	habest		-est + ge-t
er/es/sie	suche	-e	habe		-e + ge-t
wir	suchen	-en	haben		-en + ge-t
ihr	suchet	-et	habet		-et + ge-t
Sie/sie	suchen	-en	haben		-en + ge-t

虛擬二式用法

❶禮貌詢問、請求。常用情態動詞 können, dürfen 表達客氣詢問對方。

❷提出願望、希望。常用 wenn 引導。

❸不是事實的想像、有條件的假設。常用 wenn 引導。

❹不是事實的比較。常用 als ob 引導。

❺轉述他人觀點、故事之類的報導，書面用虛擬一式，口語用虛擬二式。

❻當使用虛擬一式和直述式的動詞變化沒有區別時，用虛擬二式替代。

虛擬二式句型

Wenn ich im Lotto gewänne, würde ich eine Insel kaufen.

- Wenn：虛擬二式常用連接詞
- gewänne：虛擬二式動詞變化
- würde … kaufen：虛擬二式常用句型：würden + 動詞原形

（如果我中了樂透，我會買下一座小島。）

由於虛擬二式的動詞變化，和直述式的過去式變化容易混淆，因此口語常改用此句型

würden 句型／虛擬二式未來式

＜未來式＞：**würden** + 動詞原形

虛擬二式變化

＜未來完成式＞：

würden + 第二分詞 + haben / sein 原形

虛擬二式變化

虛擬二式動詞變化

虛擬二式的動詞變化只有過去時態：過去式（虛擬二式）、過去完成式

規則動詞 變化速記

人稱	過去式	過去完成式	
ich	-te	hätte	+ ge-t
du	-test	hättest	
er/es/sie	-te	hätte	
wir	-ten	hätten	
ihr	-tet	hättet	
Sie/sie	-ten	hätten	

不規則動詞 變化速記

過去式變化→母音 a/o/u 動詞，虛擬二式變化→ ä/ö/ü

人稱	kommen → kamen	erziehen → erzogen	fahren → fuhren	字尾變化 速記
ich	käme	erzöge	führe	-e
du	kämest	erzögest	führest	-est
er/es/sie	käme	erzöge	führe	-e
wir	kämen	erzögen	führen	-en
ihr	kämet	erzöget	führet	-et
Sie/sie	kämen	erzögen	führen	-en

練習 9 Die Übungen

A 請完成命令式句子。

直述句	命令式句子
例句：Ihr sollt ruhig sein.	Seid ruhig!
❶ Du sollst aufstehen.	
❷ Ihr sollt aufpassen.	
❸ Sie sollen zuhören.	
❹ Du sollst essen.	
❺ Du sollst sprechen.	

B 請改寫成虛擬一式句子。

例句：Sprecher der Polizei behauptet: „ Das ist einen Mord planen. "
→ Sprecher der Polizei behauptete, das sei einen Mord planen.

❶ „ Ich habe eine neue Wohnung in München gekauft. "
(Maria sagte)

→ ______________________________.

❷ Der Mechaniker erzählt mir : „ Die Bremse ist kaputt. "

→ ______________________________.

❸ Er fragt mir : „ Wo ist Maria umgezogen? "

→ ______________________________.

C 請在空格處填入虛擬二式動詞變化。

動詞原形	sein	haben	werden	können	kommen	fahren
ich			würde			
du	wär(e)st					führest
er/es/sie		hätte				
wir		hätten		könnten	kämen	
ihr					kämet	führet
Sie/sie	wären		würden	könnten		

D 請改寫成虛擬二式句子。

例句：Ich habe kein Geld. Ich verreise nicht.

→ Aber wenn ich Geld hätte, würde ich verreisen.

❶ Ich habe keine Zeit. Ich kann nicht die Party besuchen.

→ ________________________________.

❷ Suzanne ist 50. Sie sieht aus wie 40.

→ ________________________________.

❸ Kann ich bitte noch einen Kaffee haben?

→ ________________________________.

解答在 Seite 337

gemalt werden

otografiert werden

11 被動式

Das Passiv

被動式

每個事件或動作發生，會有主動者和被動者兩方。主動者大多為人物、生物，被動者則是指事物或動作。當想要以事物 / 動作為句子主詞時，就會使用被動式。

主動

主詞 Mein Papa baut 受詞 ein Baumhaus.

（我爸爸蓋了一個樹屋。）

被動

受詞 Ein Baumhaus wird 主詞 von meinem Papa gebaut.

（樹屋是我爸爸蓋的。）

被動式又分過程被動、狀態被動兩大類：

過程被動 強調動作本身、發生的過程

<句型>

Ein Baumhaus wird gebaut. ← 強調在蓋樹屋

werden + 第二分詞
（依人稱變化）

狀態被動 強調完成動作後的狀態、結果

<句型>

Ein Baumhaus ist gebaut. ← 強調蓋了一個樹屋

sein + 第二分詞
（依人稱變化）

被動式用法

1 使用被動句時，主詞改變為被動者 (事物 / 動作)，受詞反而是主動者，這時在文法上要注意格的變化。

受詞的用法

	介系詞 von + Dativ
主動者是人、生物、機關單位時	例句：**Das Abendessen wird von den Kindern gekocht.** （晚餐是孩子們煮的。）
	介系詞 durch + Akkusativ
受詞是事物、事件本身、機關單位→只有人、生物才是真正的主動者	例句：**Der Fluss wird durch das Pestizid verschmutzt.** （這條河被農藥污染了。）

2 無特定人事物當主詞時

用 es 代替主詞，一定要放句首	例句：**Es wird viel Bier auf dem Oktoberfest getrunken.** （啤酒節時有很多啤酒被喝掉。）
其他	例句：**Hier wird nicht geraucht.** （ 這裡不能抽煙。）

3 無法使用被動式的動詞

動詞例字	說明
bekommen, erhalten	字義有「得到」，有主動的意思，若使用被動式，語意不通
kennen, wissen	字義有「知道」，若使用被動式，語意不通
fehlen, schmecken	主詞一定是可以做出動作的人
kosten, wiegen	表示數量的動詞
sich freuen, sich unterhalten	反身動詞
sein, haben	助動詞
Es gibt	不能當被動式使用
gehen, laufen...	完成式用 sein 的不及物動詞

被動式的各種時態

直述式

時態	過程被動	狀態被動
現在式	werden 現在式變化 + 第二分詞	sein 現在式變化 + 第二分詞
過去式	werden 過去式變化 + 第二分詞	sein 過去式變化 + 第二分詞
現在完成式	sein 現在式變化 + 第二分詞 + **worden**	sein 現在式變化 + 第二分詞 +**gewesen**
過去完成式	sein 過去式變化 + 第二分詞 + **worden**	sein 過去式變化 + 第二分詞 +**gewesen**
未來式	werden 現在式變化 + 第二分詞 +**werden**	werden 現在式變化 + 第二分詞 +**sein**
未來完成式	werden 現在式變化 + 第二分詞 +**worden sein**	werden 現在式變化 + 第二分詞 +**gewesen sein**

虛擬式

時態	虛擬一式	虛擬二式
現在式	werden 虛擬一式變化 + 第二分詞	werden 虛擬二式變化 + 第二分詞
現在完成式	sein 虛擬一式變化 + 第二分詞 + **worden**	sein 虛擬二式變化 + 第二分詞 + **worden**

情態動詞

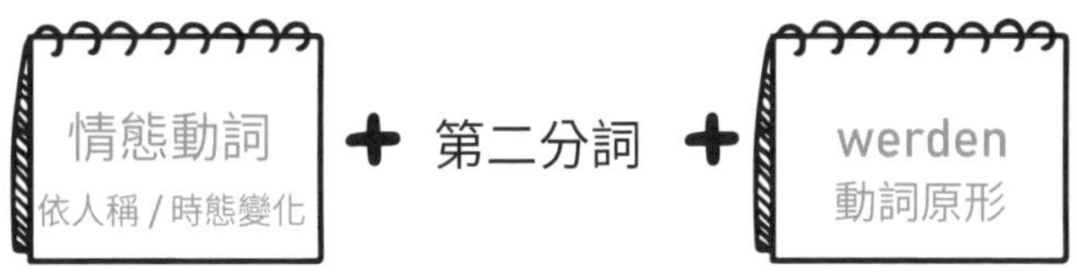

動詞單字 werden 用法

一般動詞用法

1 字義「成為」，常接職業、身分等名詞使用，不需定冠詞

{ werden + 名詞 }

Mein Bruder wird Soldat.（我弟弟成為軍人。）

2 字義「變得」、「變為」

{ werden + 形容詞 / 比較級 }

Es wird immer heißer.（天氣變得越來越熱。）

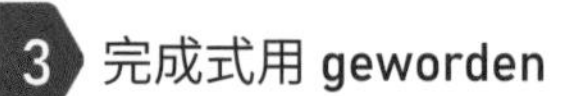

3 完成式用 geworden

{ sein + geworden }

Die Hose ist kleiner geworden.（褲子變小了。）

助動詞用法

4 字義「被…」，被動式用法

詳見被動式 S.200 { werden + 第二分詞 }

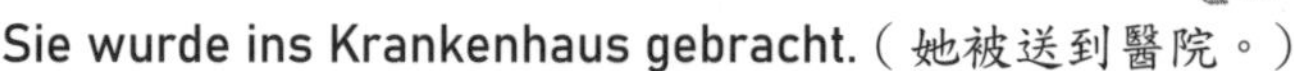

Sie wurde ins Krankenhaus gebracht.（她被送到醫院。）

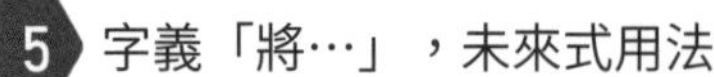

5 字義「將…」，未來式用法

詳見未來式 S.168 { werden + 動詞原形 }

Herr Meyer wird nächste Woche in Urlaub fahren.
（梅耶先生將在下周休假。）

6 做助動詞用，虛擬式用法

詳見虛擬式 S.189

{ würden + 動詞原形 }

Wenn ich Zeit hätte, würde ich gern kommen.
（如果我有時間，我很樂意過來。）

7 當句子出現 2 個 werden 時：字義「將被…」，未來被動式

{ werden + 第二分詞 + werden(原形) }

(第一個 werden 為未來式助動詞，第二個為被動式助動詞)

Bis nächste Woche wird das Baumhaus gebaut werden.
（到下周樹屋就會蓋好了。）

8 被動完成式用 worden

{ sein + 第二分詞 + worden }

Diese falschen Wörter sind korrigiert worden.
（這些錯誤的字已被訂正。）

werden 時態變化

人稱	現在式	過去式	完成式		虛擬式
ich	werde	wurde	bin		würde
du	wirst	wurdest	bist		würdest
er/es/sie	wird	wurde	ist	geworden/ worden	würde
wir	werden	wurden	sind		würden
ihr	werdet	wurdet	seid		würdet
Sie/sie	werden	wurden	sind		würden

動詞單字 lassen 用法

lassen	被動式
字義：「讓」、「要求去做」、「把」	字義：「被」
主詞：1 指被要求做出動作的人 2 主動者 3 被動者，指人或事物	主詞：被動者，可以是人物、事物、或是動作本身
Lassen Sie uns besser kennenlernen. （讓我們對彼此有更好的認識。）	Die Fenster werden geputzt. （窗戶被擦乾淨。）

lassen 用法

視做情態動詞

1 lassen + 動詞原形

❶ 允許、讓

Er lässt die Kinder spielen.（他讓孩子們玩。）

❷ 提出要求、禮貌請求

Lassen Sie bitte die Blumen in die Vase stellen.
（請把花插在花瓶。）

❸ 把…(放著、掛著)，常接 liegen, stehen, sitzen, hängen

Man lässt ein rotes Band an den Baum hängen.
（人們把紅絲帶掛在這棵樹上。）

❹ 不是自己做的，而是發出指令

Er lässt sich Rindfleischnudeln liefern.
（他點了外送牛肉麵。）

2 lassen sich (Akkusativ) + 動詞原形

（這時的 lassen 可視做被動用法）

被…（主詞為被動者）

Der Raum lässt sich aufräumen.（房間被打掃了。）

一般動詞

lassen

（這時的 lassen 視為動詞單字，依人稱 / 時態變化）

1. 停止、放棄
   Lass das!（算了吧！）

2. 把…留在、放在
   Ich lasse meinen Geldbeutel im Büro.
   （我把錢包放在辦公室。）

lassen 時態變化

人稱	現在式	過去式	完成式		虛擬式
ich	lasse	ließ	habe	lassen/gelassen	ließe
du	lässt	ließt	hast		ließest
er/es/sie	lässt	ließ	hat		ließe
wir	lassen	ließen	haben		ließen
ihr	lasst	ließt	habt		ließet
Sie/sie	lassen	ließen	haben		ließen

lassen 的完成式

當情態動詞時	當一般動詞時
lassen	gelassen

被動式 以事物／動作為句子主詞時，就會使用被動式。

Ein Baumhaus　wird　von meinem Papa　gebaut.

被動者當主詞　　　　主動者變受詞

（樹屋是我爸爸蓋的。）

被動式又分兩大類：

過程被動 強調動作本身、發生的過程

＜句型＞ Ein Baumhaus wird gebaut. ⬅ 強調在蓋樹屋

werden + 第二分詞（依人稱變化）

狀態被動 強調完成動作後的狀態、結果

＜句型＞ Ein Baumhaus ist gebaut. ⬅ 強調蓋了一個樹屋

sein + 第二分詞（依人稱變化）

被動式用法

1. 受詞的格變化

主動者是人、生物、機關單位時	介系詞 von + Dativ
受詞是事物、事件本身、機關單位 →只有人、生物才是真正的主動者	介系詞 durch + Akkusativ

2. 無特定人事物當主詞時　用 es 代替主詞，一定要放句首

3. 無法使用被動式的動詞

動詞例字	說明
bekommen, erhalten	字義有「得到」，有主動的意思，若使用被動式，語意不通
kennen, wissen	字義有「知道」，若使用被動式，語意不通
fehlen, schmecken	主詞一定是可以做出動作的人
kosten, wiegen	表示數量的動詞
sich freuen, sich unterhalten	反身動詞
sein, haben	助動詞
Es gibt	不能當被動式使用
gehen, laufen...	完成式用 sein 的不及物動詞

動詞單字 werden 用法

一般動詞用法	
❶ 字義「成為」，常接職業、身分等名詞使用，不需定冠詞	werden + 名詞
❷ 字義「變得」、「變為」	werden + 形容詞 / 比較級
❸ 完成式用 geworden	sein + geworden
助動詞用法	
❹ 字義「被…」，被動式用法	werden + 第二分詞
❺ 字義「將…」，未來式用法	werden+ 動詞原形
❻ 做助動詞用，虛擬式用法	würden+ 動詞原形
❼ 當句子出現 2 個 werden 時：字義「將被…」，未來被動式	werden+ 第二分詞 +werden(原形) (第一個 werden 為未來式助動詞，第二個為被動式助動詞)
❽ 被動完成式用 worden	sein + 第二分詞 + worden

動詞單字 lassen 用法

允許、讓	視作情態動詞：lassen + 動詞原形
提出要求、禮貌請求	
把…(放著、掛著) 常接 liegen,stehen,sitzen,hängen	
不是自己做的，而是發出指令	
被…(主詞為被動者)	lassen sich (Akkusativ) + 動詞原形
停止、放棄	視作一般動詞：lassen
把…留在、放在	

lassen 的完成式	當情態動詞時	當一般動詞時
	lassen	gelassen

練習 10 Die Übungen

A 請依圖寫出完整被動式句子。

❶禁止喝水吃東西 ❷抽煙區 ❸有小孩，要減速

Rauchen erlaubt

❶ Hier darf ____.

❷ Hier darf ____.

❸ Hier muss ____.

B 請依提示，填入被動式時態變化。

❶ Das Auto ________ erst gestern ________.
(reparieren / werden)

❷ Die Geschäfte ________ __________. (schließen/ sein)

❸ Nächstes Jahr _______ unser Haus _________ _________.
(renovieren / werden x 2)

❹ Die Blumen __________ __________ __________.
(gießen / werden / müssen)

❺ Die Unterwäsche ________ mit der Hand ________ ________.
(waschen / werden / sein)

C 請填入正確的 werden / lassen 單字變化。

1. Peter __________ ein Schriftsteller.

2. Jana ist so dünn __________. Ist sie krank __________?

3. Frau Wagner __________ nächste Woche heiraten.

4. Aus Angst vor Corona __________ die Mutter ihre Kinder nicht in die Schule.

5. Er __________ sich vom Arzt untersuchen.

6. Wenn ich Geld hätte, __________ ich um die Welt reisen.

7. Ich __________ meine Hausaufgaben vom Lehrer korrigieren.

8. Gestern ist mein Geldbeutel gestohlen __________.

9. Ich habe meinen Schlüssel im Büro liegen __________.

10. Jonas hat das Buch auf den Tisch __________.

解答在 Seite 338

12 形容詞、副詞、數字

Das Adjektiv、Das Adverb、Das Zahlwort

形容詞

形容詞用來描述人物、事物的特徵和性質，接在動詞之後、名詞之前使用。

德語的形容詞單字來源有：

1 原本即是形容詞的單字：**groß**（大的）、 **klein**（小的）

2 從不同的詞組來的，例如名詞、動詞，在單字的前後加上特定綴字，變成形容詞

加在字尾

例字：**das Wunder**（奇蹟）→ **wunderbar**（奇妙的）

-bar	-erlei	-fach	-haft	-ig	-isch
-lich	-los	-mäßig	-(e)rig	-sam	-sch

加在前面

例字：**über** 有「在……之上」的意思
über + legen（平放）→ **überlegen**（優越的）

ab-	aller-	außer-	erz-	ge-	grund-
inner-	miss-	un-	unter-	ur-	über-
ober-	vor-	wider-	zwischen-		

3 組合而成的新字，例如名詞 + 形容詞、形容詞 + 形容詞，變成新的形容詞字義

das Koffein+frei（自由的、不受限的）→ **koffeinfrei**（無咖啡因的）

4 由分詞變化的形容詞

{ 動詞原形 + d →第一分詞 }

das lachende Mädchen（歡笑的女孩）

{ 動詞第二分詞 }

der gebissene Apfel（被咬的蘋果）

形容詞用法

1 形容詞在動詞後面

Die Kinder laufen schnell.（孩子們跑得很快。）

形容詞放在動詞後面，形容詞不需做變化

2 形容詞在名詞前面

Das große Kind ist 5 Jahre alt.

形容詞放在名詞前面，形容詞要做變化（那個高的孩子5歲了。）

形容詞變化

1 定冠詞類

格	陽性	中性	陰性	複數
Nom.	der alte Mann	das kleine Kind	die junge Frau	die süßen Tiere
Akk.	den alten Mann	das kleine Kind	die junge Frau	die süßen Tiere
Dat.	dem alten Mann	dem kleinen Kind	der jungen Frau	den süßen Tieren
Gen.	des alten Mannes	des kleinen Kinds	der jungen Frau	der süßen Tiere

⇨ 形容詞變化規則同上：alle, jeder, jener, dieser, mancher, solcher, welcher

＜速記法＞

格	陽性	中性	陰性	複數
Nom.	der -e	das -e	die -e	die -en
Akk.	den -en	das -e	die -e	die -en
Dat.	dem -en	dem -en	der -en	den -en -n
Gen.	des -en -es	des -en -s	der -en	der -en

2 無冠詞類

格	陽性	中性	陰性	複數
Nom.	alter Mann	kleines Kind	junge Frau	süße Tiere
Akk.	alten Mann	kleines Kind	junge Frau	süße Tiere
Dat.	altem Mann	kleinem Kind	junger Frau	süßen Tieren
Gen.	alten Mannes	kleinen Kinds	junger Frau	süßer Tiere

＜速記法＞

格	der	das	die	複數
Nom.	-er	-es	-e	-e
Akk.	-en	-es	-e	-e
Dat.	-em	-em	-er	-en -n
Gen.	-en -es	-en -s	-er	-er

3 不定冠詞類（混合類）

格	陽性	中性	陰性
Nom.	ein alter Mann	ein kleines Kind	eine junge Frau
Akk.	einen alten Mann	ein kleines Kind	eine junge Frau
Dat.	einem alten Mann	einem kleinen Kind	einer jungen Frau
Gen.	eines alten Mannes	eines kleinen Kinds	einer jungen Frau

⇨ 形容詞變化規則同上：kein, mein, dein, sein, ihr, Ihr, unser, euer

<速記法>

格	陽性	中性	陰性
Nom.	ein -er	ein -es	eine -e
Akk.	einen -en	ein -es	eine -e
Dat.	einem -en	einem -en	einer -en
Gen.	eines -en -es	eines -en -s	einer -en

4 不定冠詞的複數

格	複數	速記法	kein 的複數	速記法
Nom.	süße Tiere	-e	keine süßen Tiere	-e + -en
Akk.	süße Tiere	-e	keine süßen Tiere	-e + -en
Dat.	süßen Tieren	-en -n	keinen süßen Tieren	-en+-en -n
Gen.	süßer Tiere	-er	keiner süßen Tiere	-er + -en

變化相同，使用 kein 時，後面形容詞字尾 +en

⇨ 形容詞變化規則同上：meine, deine, seine, ihre, Ihre, unsere, euere

形容詞特殊變化

形容詞	說明	例字
字尾 -el	去掉 -e- 留 l，再接形容詞變化	dunkel → ein dunkles Kostüm（一件深色的套裝）
字尾 -er	去掉 -e- 留 r，再接形容詞變化	teuer → ein teures Haus（一間昂貴的房子）
國名、城市名字尾有 er	原本是名詞，加 er 變形容詞，不用變化	Freiburg（佛萊堡）→ freiburger（形容在佛萊堡的），例如 Freiburger FC（佛萊堡足球俱樂部）
形容詞 hoch	去掉 -c-，再接形容詞變化	hoch → hohe Schuhe（統稱有高跟的鞋子）
字尾 -a	不用變化	lila（淡紫色）、rosa（ 淡粉紅色）
表示顏色的外來語	不用變化	orange（橘色）

形容詞、分詞變名詞的用法

形容詞、第一分詞、第二分詞要轉成名詞用法：

1. 做形容詞字尾變化
2. 字首大寫
3. 人物多用定冠詞 der die 複數、不定冠詞 ein eine 複數
4. 抽象事物轉成名詞時，轉用 das。通常前面會有：das, alles, etwas, nichts, viel, wenig 連用

定冠詞變化

格	der	die	複數
Nom.	der Fremde	die Fremde	die Fremden
Akk.	den Fremden	die Fremde	die Fremden
Dat.	dem Fremden	der Fremden	den Fremden
Gen.	des Fremden	der Fremden	der Fremden

不定冠詞變化

格	der	die	複數
Nom.	ein Reisender	eine Reisende	Reisende
Akk.	einen Reisenden	eine Reisende	Reisende
Dat.	einem Reisenden	einer Reisenden	Reisenden
Gen.	eines Reisenden	einer Reisenden	Reisender

例　字

形容詞做名詞	第一分詞做名詞	第二分詞做名詞
der/die Fremde （陌生人）	der/die Reisende （旅客）	der/die Verliebte （戀人）
der/die Kranke （病人）	der/die Schlanfende （睡著的人）	der/die Verletzte （傷者）
der/die Bekannte （認識的人）	der/die Studierende （讀大學的人）	der/die Angestellte （職員）

抽象事物用法

形容詞	和 das,alles 連用 +e	和 etwas,nichts,viel,wenig 連用 +es
gut	alles Gute	nichts Gutes

比 較

使用形容詞和副詞時，可依不同程度來做比較，德語的比較程度有 3 個階段。

比較級 + 字尾 er + 形容詞變化

kleiner-（較小的）

最高級 + 字尾 st + 形容詞變化

kleinst-（最小的）

放名詞前面，要做形容詞變化
am kleinsten
用此句型時，
不用再變化。

使用比較時的特別變化

說明	形容詞例字	比較級	最高級
有些單音節單字有 a,o,u 變 ä,ö,ü，注意！僅是部分單字	jung	jünger	jüngst
有 -el,-er，去掉 -e-，注意比較級用法	dunkel	dunkler	dunkelst
字尾有 -d, -s, -sch,-ss,-ß, -t,-tz, -z, -x, 最高級加 -est	heiß	heißer	heißest

常見不規則比較變化

	例字	比較級	最高級
形容詞	gut（好的）	besser	best
	hoch（高的）	höher	höchst
	nah（近的）	näher	nächst
	viel（很多的）	mehr	meist
副詞	sehr（很）	mehr	meist
	gern（喜歡）	lieber	liebst

比較句型

① Mein Sohn ist

- **groß.** （我兒子是高的。） 形容詞原級
- **größer.** （我兒子比較高。） 形容詞比較級
- **am größten.** （我兒子是最高的。） 形容詞最高級

做 2 者比較時，用連詞 als

② **Der IC fährt schneller als der RE.**

連詞 als 放在形容詞比較級後面

（IC 比 RE 快。）

※ 德國火車種類：
IC（Intercity 城際快車）、RE（Regional-Express 區域快車）

③ **Das rote Seil ist etwas länger als das grüne Seil.**

形容詞比較級前面再加副詞修飾，表示 2 者的差異程度

（紅色繩子比綠色繩子稍微長一點。）

比較 2 者的差異程度，常見副詞：

etwas	viel	wenig	weit	bedeutend
（有點、稍微）	（很多）	（一點、很少）	（遠的）	（很、非常）

④ Der ICE ist derzeit der schnellste Zug in Deutschland.

使用形容詞最高級修飾名詞時，前面要有定冠詞或物主代名詞

（ICE是目前德國最快的火車。）

※ 德國火車種類：
ICE（Inter City Express 城際特快車），可說是德國高鐵

情況	句型	例句
兩者相同時	1.so + 形容詞原級 + wie 2.genauso + 形容詞原級 +wie	Die Immobilienpreise in Taichung sind so teuer wie in Taipeh. （台中房價和台北一樣貴。）
A 比 B……	比較級形容詞 + als	Die Immobilienpreise im Zentrum sind teurer als am Stadtrand. （市中心房價比郊區貴。）
否定的比較： 不那麼……	nicht so+ 形容詞原級 (+wie)	Kannst du nicht so schnell laufen? （你可以不要走那麼快嗎？）
要變少的情況： 不那麼……	weniger+ 形容詞原級	Kannst du weniger laut singen? （你可以不要唱那麼大聲嗎？）
越來越……	immer + 比較級形容詞	Dieses Loch wird immer größer. （那個洞越來越大了。）
A 越…… B 就越…… (A 和 B 呈反比)	je + 比較級形容詞 desto/umso+ 比較級形容詞	Je mehr Handyfunktionen sind, desto höher ist der Preis. （手機功能越多，價格就越高。）

副詞用來加強對句子的描述，讓句子更完整清楚地呈現。副詞不需做字尾變化。

副詞用法

＜修飾動詞＞

Amelie **macht** **häufig** Yoga.

修飾動詞時放動詞後面

（艾美莉經常做瑜伽。）

＜修飾名詞＞

Das Kleid **dort** ist sehr schön.

修飾名詞時放名詞後面

（那裡那件洋裝很漂亮。）

＜修飾形容詞＞

Der Preis ist **sehr** **hoch.**

修飾形容詞時放形容詞前面

（價格很高。）

＜修飾副詞＞

Wir machen das ziemlich oft. （我們時常那麼做。）

修飾副詞時放副詞前面

副詞的其他位置

可放在句首或句子中間。

說明	例字
字尾 -s	morgens, mittwochs
字尾 -weise	möglicherweise, normalerweise
字尾 -wärts	auswärts, abwärts

副詞種類

有時間副詞、地點副詞、原因副詞、方式副詞 4 種，有相對應的疑問詞，例如 wann、wo、warum、wie 等等。

常見時間副詞

	過去	現在	未來
疑問詞 wann	vorgestern	heute	morgen
	gestern	jetzt	übermorgen
	früher	gerade	bald
	einmal	sofort	später
	damals	heutzutage	künftig

	星期		一天之中的時間	
疑問詞 wann	montags	dienstags	morgens	vormittags
	mittwochs	donnerstags	mittags	nachmittags
	freitags	samstags	abends	nachts
	sonntags			

疑問詞	有時間區段			
wie lange	jahrelang	monatelang	tagelang	bisher

疑問詞	100%	- - - - - -	- - - - - -	- - - - - -	- - - - - -	- - - - - -	> 0%
wie oft	stets	fast immer	meistens	oft	manchmal	selten	nie
	immer			häufig			

疑問詞	頻率			
wie oft	jährlich	täglich	stündlich	einmal

疑問詞	發生較早的	發生在之後的			持續的
wann	vorher	dann	danach	nachher	noch
	erst	zuletzt	schließlich		schon
	zuerst				

常見地點副詞

	地點		
疑問詞 wo	da	dort	hier
	rechts	mitten	links
	oben	unten	
	außen	innen	
	vorn	hinten	
	überall	irgendwo	irgendwo

	來的方向	
疑問詞 woher	von links	von rechts
	von oben	von unten
	von vorn	von hinten
	von draußen	von drinnen

	往上的	往下的	往左的	往右的	往前的	往後的
疑問詞 wohin	nach oben	nach unten	nach links	nach rechts	nach vorn	nach hinten
	hinauf	hinunter			vorwärts	rückwärts
	aufwärts	abwärts				

	往說話者方向	離開說話者的	口語
疑問詞 wohin	her	hin	
	herein	hinein	rein
	hierher	dorthin	
	herauf	hinauf	rauf
	heraus	hinaus	raus
	herunter	hinunter	runter
	herüber	hinüber	rüber

常見原因副詞

	原因	對比	結果	有條件
疑問詞 warum wieso wozu	deshalb	trotzdem	also	andernfalls
	deswegen	gleichwohl	folglich	sonst
	daher	dennoch	demnach	ansonsten
	darum		infolgedessen	

常見方式副詞

	預想的	有延伸	有限制
疑問詞 wie womit	gern	außerdem	allerdings
	natürlich	erstens	mindestens
	wirklich	zweitens	wenigstens
	leider	drittens	nur

代副詞

具有指代功能的副詞，分指示代副詞、疑問代副詞 2 種。

❶ 若介系詞字首有母音，加 r 構成新副詞單字。例如：darauf

❷ 不是所有的介系詞都可改成代詞副詞

只能指代事物
不能指代人

指示代副詞

daran	dabei	dafür	damit	danach
darauf	daraus	darüber	davon	dazu

例句：Ich warte auf den Bus.（我在等公車。）

-Ich warte auch darauf.（我也在等。）

疑問代副詞

woran	worauf	woraus	wobei	wofür
womit	wonach	worüber	wovon	wozu

例句：Worüber sprecht ihr?
（你們在討論什麼？）

副詞的級

副詞不需做字尾變化，不過有些副詞還是有比較級、最高級，和形容詞變化規則相同，也有些是特殊變化。

副詞	比較級	最高級
bald	früher	am ehesten
gern	lieber	am liebsten
oft	öfter	am häufigsten
viel(sehr)	mehr	am meisten
wohl(gut)	besser	am besten

數字

基數

0-9	10-19	20-29	30/40/-90
null	zehn	zwanzig	
eins	elf	einund zwanzig	
zwei	zwölf	zweiund zwanzig	
drei	dreizehn	dreiund zwanzig	dreißig
vier	vierzehn	vierund zwanzig	vierzig
fünf	fünfzehn	fünfund zwanzig	fünfzig
sechs	sechzehn	sechsund zwanzig	sechzig
sieben	siebzehn	siebenund zwanzig	siebzig
acht	achtzehn	achtund zwanzig	achtzig
neun	neunzehn	neunund zwanzig	neunzig
0-12 為數字單字	❶13-19 為單字 +10 ❷需注意 16,17 用字	❶注意 20,21 用字 ❷21-29 為單字 +und+zwanzig(20) ❸其他如 31-39,41-49 等，均是同樣規則，例如 32 是單字 2+und+30	❶注意 30,60,70 用字 ❷40-90 為單字 +zig

100/200/900	1000/2000/9000	10.000/11.000/12.000	100.000
(ein)hundert	(ein)tausend	zehntausend	(ein)hunderttausend
zweihundert	zweitausend	elftausend	
neunhundert	neuntausend	zwölftausend	
❶100 口語常省略 ein ❷百位數表達：數字單字 +hundert	❶1000 口語常省略 ein ❷千位數表達：數字單字 +tausend	❶國際通用「三位一節」標逗號來看萬以上數字，也可理解出德語的表達方式。 1 萬→ 10+ 千 (tausend) 1 萬 1 → 11 + 千	❶10 萬→ 100+ 千 ❷「三位一節」數字標示，德國習慣使用「.」標示，例如，「100.000」，或書寫時會稍空一格

1.000.000	1 百萬→有名詞單字，所以前面用不定冠詞 eine	eine Million
2.000.000	2 百萬→以數字 2+ 百萬 (複數形)	zwei Millionen
500.000	50 萬→以 halb（ 一半 ）來表達	eine halbe Million
10.000.000	1 千萬→ 10+ 百萬	zehn Millionen
100.000.000	1 億→ 100+ 百萬	hundert Millionen
1.000.000.000	10 億→有名詞單字，前面用不定冠詞 eine	eine Milliarde
1.000.000.000.000	1 兆→有名詞單字，前面用不定冠詞 eine	eine Billion

數字唸法

102	100 或 1000 在口語常省略 ein	(ein)hundertzwei
345	視做 300+45	dreihundertfünfundvierzig
6789	視做 6700+89	sechstausendsiebenhundertneunundachtzig
98.765	視做 98000+700+65	achtundneunzigtausendsiebenhundertfünfundsechzig

序　數

1 表達「第…」時使用序數，例如 der fünfte Stock（第 5 層樓）、jeder dritte Mensch（每 3 人）

2 字尾變化和形容詞變化相同

3 以阿拉伯數字標示時，要加上「.」，例如 am 29.5.（在 5 月 29 日）

1.-19.　基數 + -t	20 以後　基數 + -st
1.erst	20.zwanzigst
2.zweit	21.einundzwanzigst
3.dritt	
4.viert	100.hundertst
5. fünft	101.hunderterst
6.sechst	
7.siebte	1000.tausendst
8.acht	
9.neunt	
19.neunzehnt	
※ 需注意 1,3,7,8 用字	

序數用法

❶放在名詞前面，大多有定冠詞。有些用詞則可能有省略定冠詞的使用習慣。	定冠詞 - 序數 - 名詞	der fünfte Stock （第 5 層樓） Erste Hilfe ist wichtig. （急救很重要。）
❷和形容詞組合，變成一個單字	定冠詞 - 序數 + 形容詞 - 名詞	das zweitgrößte Unternehmen （第 2 大企業）

❸當名詞用	這時字首需大寫	Er ist als Erster der Marathon. （他跑馬拉松第 1 名。）
❹當副詞， 常用在列舉， 「首先、第一」、 「第二」…	序數 + -ens	Erstens siehst du in diesem Kleid nicht gut aus. Zweitens hast du kein Geld. （第一你穿這件衣服不好看。第二你沒有錢。）
❺家族姓氏表示 (姓氏 + 羅馬數字)	姓氏 - 定冠詞 - 序數 (需大寫)	Ludwig II.（路德維希二世） → Ludwig der Zweite
❻字義「每…」	jeder- 序數 - 名詞	jeder dritte Mensch（每 3 人）
❼日期用法	德語日期順序為： 日→月→年 表達日期，使用序數，年份則用基數	Heute ist der erste April / Vierte zweitausendzweiundzwanzig . （今天是 2022 年 4 月 1 日）
	句子遇到文法第 4 格時要做變化 序數 +-ten	Heute haben wir den ersten April / Vierten. （今天是 4 月 1 日）
	口語常使用： 在 ~ 月 ~ 日 am- 序數 +-ten	Ich wurde am ersten Vierten(April) zweitausend geboren. （我出生於 2000 年 4 月 1 日。）
❽世紀用法	das- 序數 -Jahrhundert	das zwanzigste Jahrhundert （20 世紀）
	遇到文法第 4 格時要做變化 im- 序數 +-ten -Jahrhundert	im zwanzigsten Jahrhundert （在 20 世紀）

其　他

表達「幾個人一組」之意	zu- 序數不加字尾	**Sitzen Sie bitte zu zweit.** （請 2 個 2 個坐下。）
年份	口語用法	**2022 → zweitausendzweiundzwanzig**
	書面用法：只放數字	**1922 wurde das Kaufhaus eröffnet.** （這家百貨公司在 1922 年開幕。）
	書面用法： im Jahr- 數字	**Im Jahr 1922 wurde das Kaufhaus eröffnet.**
年代	基數 +er (變成形容詞單字，不需再做字尾變化)	**in den neunziger Jahren** （在 90 年代）
年紀	~ 歲 基數 -Jahre alt (可省略)	**Mein Sohn ist 10 Jahre alt.** （我兒子 10 歲。）
	在 ~ 歲 mit- 基數	**Van Gogh ist mit 37 gestorben.** （梵谷在 37 歲過世。）
	表達「在 ~ 幾十歲」 in den 基數 +ern	**in den zwanzigern** （在 20 幾歲）
	表達大約年紀： Anfang（出頭）/Mitte（中）/Ende（末）	**Sie sieht aus wie Anfang vierzig.** （她看起來像 40 出頭。）

數學

+ =	eins plus zwei ist (gleich) drei
− =	drei minus zwei ist (gleich) eins
$4 \times 5 = 20$	vier mal fünf ist (gleich) zwanzig
$20 : 4 = 5$（德國數學除號為：）	zwanzig (geteilt) durch vier ist (gleich) fünf
2^3	zwei hoch drei ist acht
$\sqrt{9}$	Quadratwurzel aus neun ist drei
0.6	null Komma sechs
7.89	sieben Komma acht neun / sieben Komma neunundachtzig
−5	minus fünf
20%	zwanzig Prozent

分數唸法

基數 + -(s)tel →需大寫	特別用法
1/3 ein Drittel	1/2 ein halb
→ 1/4 ein Viertel	1 1/2 eineinhalb (anderthalb)
5/6 fünf Sechstel	2 1/2 zweieinhalb

倍數唸法

基數 + -fach →注意！當形容詞使用時需再做字尾變化
2 倍 doppelt (特殊用字)
3 倍 dreifach
百倍 hundertfach

次數唸法

基數 + -mal	基數 + -malig →當形容詞時需做字尾變化
2 次 zweimal	一次 einmalig-
3 次 dreimal	兩次 zweimalig-

種類唸法

基數 + -erlei
3 種 dreierlei
千種 tausenderlei

度量衡

重量		長度		容積	
1 Pfd（磅）(1磅=500公克)	ein Pfund	1mm（釐米）	ein Millimeter	0,1 l（毫升）(0,1l=100cc)	ein Deziliter
1 g（公克）	ein Gramm	1cm（公分）	ein Zentimeter	1 l（公升）	ein Liter
1 dag（德卡）(奧地利慣用單位，1dag=10g)	ein Dekagramm	1m（公尺）	ein Meter		
1 kg（公斤）	ein Kilo(gramm)	1km（公里）	ein Kilometer		
1打 (12個)	ein Dutzend	1 m^2（平方公尺）	ein Quadratmeter		
1對 (2個)	ein Paar	1 m^3（立方公尺）	ein Kubikmeter		
一些（指不確定的數量）	ein paar	1km/h（時速）	ein Kilometer pro Stunde/ ein Stundenkilometer		

金　額

德國、奧地利→使用歐元€ 1 € =100 Cent		瑞士→使用瑞士法郎 SFr 1SFr=100 Rappen	
3 €（歐元）	drei Euro	1 SFr	ein(Schweizer) Franken
3.99 €	drei Euro neunundneunzig	3,20 SFr	drei Franken zwanzig
-,80 €	achtzig Cent	-.80 Rp	achtzig Rappen
德國小數點為「,」		瑞士小數點為「.」	

溫　度

1°	ein Grad (Celsius)
+10°	plus zehn Grad (Celsius) / zehn Grad über Null
-10°	minus zehn Grad (Celsius) / zehn Grad unter Null

電話、郵遞區號唸法

1. 一個一個數字分開唸
2. 或是兩個一組唸
3. 遇到 2 會轉音唸 zwo
4. 區域號會一個一個唸

時　間

Uhr	Minute	Sekunde
時	分	秒

24 小時制→官方用法，例如車站廣播

	唸法	
9.00 Uhr	neun Uhr	
12.00 Uhr	punkt zwölf	
14.35 Uhr	vierzehn Uhr fünfunddreißig	會省略唸 Minute
1.00 Uhr	ein Uhr	1 點的 ein 不用 s

12 小時制→口語常用

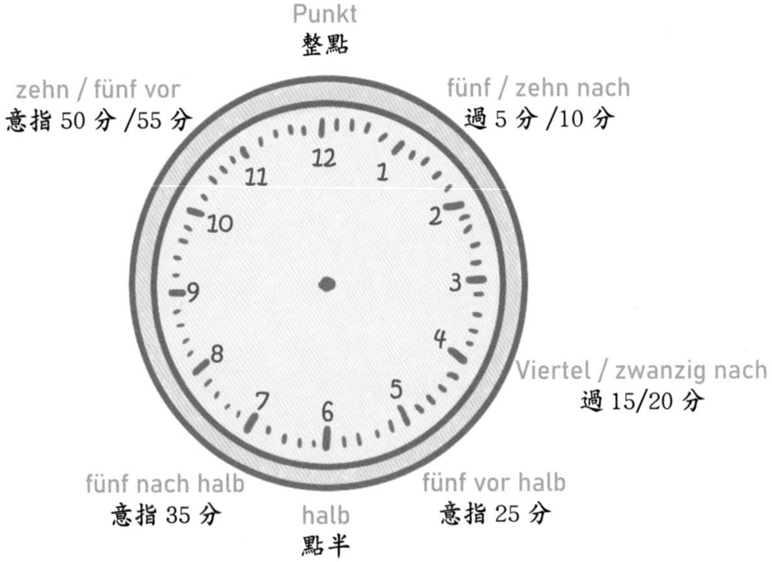

書面	口語
1.00 Uhr / 13.00 Uhr	ein Uhr / eins
9.05 Uhr	fünf nach neun
10.15 Uhr	Viertel nach zehn
12.00 Uhr	zwölf
13.30 Uhr	halb zwei
13.45 Uhr	Viertel vor zwei
15.58 Uhr	kurz vor vier
16.02 Uhr	kurz nach vier
00.00 Uhr	Mitternacht

重點複習
Die Wiederholung

形容詞單字來源：

1. 原本即是形容詞的單字：**groß**（大的）、 **klein**（小的）

2. 從不同的詞組來的，例如名詞、動詞，在單字的前後加上特定綴字，變成形容詞

加在字尾　例字：**das Wunder**（奇蹟）→ **wunderbar**（奇妙的）

-bar	-erlei	-fach	-haft	-ig	-isch
-lich	-los	-mäßig	-(e)rig	-sam	-sch

加在前面　例字：**über** 有「在……之上」的意思
über + legen（平放）→ **überlegen**（優越的）

ab-	aller-	außer-	erz-	ge-	grund-
inner-	miss-	un-	unter-	ur-	über-
ober-	vor-	wider-	zwischen-		

3. 組合而成的新字，例如名詞 + 形容詞、形容詞 + 形容詞，變成新的形容詞字義

das Koffein+frei（自由的、不受限的）→ **koffeinfrei**（無咖啡因的）

4. 由分詞變化的形容詞

｛動詞原形 + d →第一分詞｝ **das lachende Mädchen**（歡笑的女孩）

｛動詞第二分詞｝ **der gebissene Apfel**（被咬的蘋果）

形容詞變化速記

1 定冠詞類

Nom.	der -e	das -e	die -e	die -en
Akk.	den -en	das -e	die -e	die -en
Dat.	dem -en	dem -en	der -en	den -en -n
Gen.	des -en -es	des -en -s	der -en	der -en

2 無冠詞類

格	der	das	die	複數
Nom.	-er	-es	-e	-e
Akk.	-en	-es	-e	-e
Dat.	-em	-em	-er	-en -n
Gen.	-en -es	-en -s	-er	-er

3 不定冠詞類（混合類）

格	der	das	die
Nom.	ein -er	ein -es	eine -e
Akk.	einen -en	ein -es	eine -e
Dat.	einem -en	einem -en	einer -en
Gen.	eines -en -es	eines -en -s	einer -en

4 不定冠詞的複數

格	複數	kein 的複數
Nom.	-e	-e + -en
Akk.	-e	-e + -en
Dat.	-en -n	-en+-en -n
Gen.	-er	-er + -en

形容詞特殊變化

字尾 -el 去掉 -e- 留 l，再接形容詞變化	字尾 -er 去掉 -e- 留 r，再接形容詞變化	國名、城市名字尾有 er 原本是名詞，加 er 變形容詞，不用變化
形容詞 hoch 去掉 -c-，再接形容詞變化	字尾 -a 不用變化	表示顏色的外來語 不用變化

形容詞、分詞變名詞

形容詞、第一分詞、第二分詞要轉成名詞用法：

1. 做形容詞字尾變化
2. 字首大寫
3. 人物多用定冠詞（der/die/ 複數）、不定冠詞（ein/eine/ 複數）
4. 抽象事物轉成名詞時，轉用 das。通常和 das, alles, etwas, nichts, viel, wenig 連用

比較

使用形容詞和副詞時，可依不同程度來做比較，德語的比較程度有 3 個階段：

形容詞
klein（小的）

比較級 + 字尾 er + 形容詞變化
kleiner-（較小的）

最高級 + 字尾 st + 形容詞變化
kleinst-（最小的）

放名詞前面，要做形容詞變化

am kleinsten
用此句型時，不用再變化。

比較句型

Mein Sohn ist **groß.** （我兒子是高的。） 形容詞原級

größer. （我兒子比較高。） 形容詞比較級

am größten. （我兒子是最高的。） 形容詞最高級

Der ICE ist derzeit **der schnellste Zug** in Deutschland.

使用形容詞最高級修飾名詞時，前面要有定冠詞或物主代名詞

（ICE是目前德國最快的火車。）

情況	句型
兩者相同時	1.so+ 形容詞原級 +wie 2.genauso+ 容詞原級 +wie
A 比 B……	比較級形容詞 + als
否定的比較：不那麼……	nicht so+ 形容詞原級 (+wie)
要變少的情況：不那麼……	weniger+ 形容詞原級
越來越……	immer + 比較級形容詞
A 越…… B 就越…… (A 和 B 呈反比)	je + 比較級形容詞 desto/umso+ 比較級形容詞

副詞

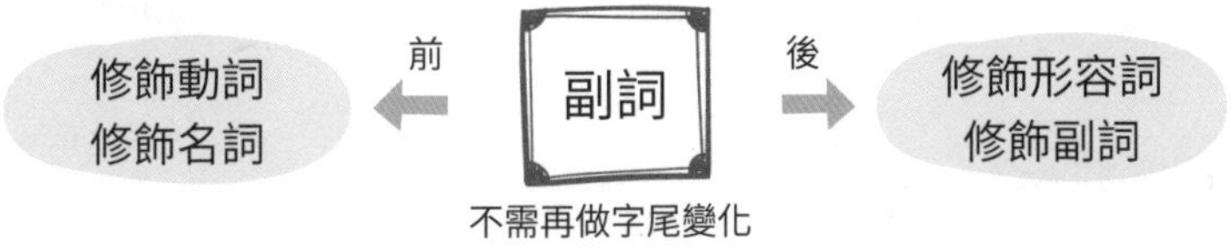

修飾動詞 修飾名詞 ←前— 副詞 —後→ 修飾形容詞 修飾副詞

不需再做字尾變化

可放在句首或句子中間

❶字尾 -s ❷字尾 -weise ❸字尾 -wärts

副詞種類有時間副詞、地點副詞、原因副詞、方式副詞 4 種，各自有對應的疑問詞：

常見時間副詞

wann	vorher	gestern	heute
	früher	jetzt	übermorgen
wie oft	meistens	täglich	stündlich
	häufig	immer	manchmal

wie lange	jahrelang	monatelang	tagelang	bisher

常見地點副詞

wo	da	dort	hier
	außen	innen	überall

woher	von links	von rechts	von draußen	von drinnen

wohin	nach oben	nach unten	nach links
	nach rechts	herein	hinein

常見原因副詞

warum wieso wozu	deshalb	trotzdem	also	andernfalls
	deswegen	gleichwohl	folglich	sonst

常見方式副詞

wie womit	gern	außerdem	allerdings
	natürlich	wirklich	leider

數字

0-12	13-19	20-99
null	基數 + zehn	基數 + und + -zig
eins	※ 注意 16,17 用字	※ 注意 20,21,30,60,70 用字
zwei	sechzehn	zwanzig
drei	siebzehn	einund zwanzig
vier		dreißig
fünf		sechzig
sechs		siebzig
sieben		
acht		
neun		
zehn		
elf		
zwölf		

1 百	(ein)hundert
1 千	(ein)tausend
1 萬	zehntausend
10 萬	(ein)hunderttausend
1 百萬	eine Million
1 千萬	zehn Millionen
1 億	hundert Millionen
10 億	eine Milliarde
1 兆	eine Billion

序數

	1.-19. 基數 + -t →因字尾變化，可視做 + -te	20 以後 基數 + -st →因字尾變化，可視做 + -ste
der/das/die 詞性是依據序數後面接的名詞	1. erste	20. zwanzigste
	2. zweite	21. einundzwanzigste
	3. dritte	
	4. vierte	100. hundertste
	5. fünfte	101. hunderterste
	6. sechste	
	7. siebte	1000. tausendste
	8. achte	
	9. neunte	
	19. neunzehnte	
	需注意 1,3,7,8 用字	

序數用法

❶放在名詞前面，大多有定冠詞。有些用詞則可能有省略定冠詞的使用習慣。	定冠詞 - 序數 - 名詞
❷和形容詞組合，變成一個單字	定冠詞 - 序數 + 形容詞 - 名詞
❸當名詞用	這時字首需大寫
❹當副詞，常用在列舉，「首先、第一」、「第二」…	序數 + -ens
❺家族姓氏表示 (姓氏 + 羅馬數字)	姓氏 - 定冠詞 - 序數 (需大寫)
❻字義「每…」	jeder- 序數 - 名詞
❼日期用法	德語日期的順序為：日→月→年 表達日期，使用序數，年份則用基數
	句子遇到文法第 4 格時要做變化 序數 +-ten
	口語常使用：在 ~ 月 ~ 日 am- 序數 +-ten
❽世紀用法	das- 序數 -Jahrhundert
	遇到文法第 4 格時要做變化 im- 序數 + -ten -Jahrhundert

<延伸用法>

表達「幾個人一組」之意	zu- 序數不做字尾變化
年份	口語用法：2 個 2 個唸，例如 2022 → 2000+22 的唸法
	書面用法：只放數字
	書面用法：im Jahr- 數字
年代	基數 + er (變成形容詞單字，不需再做字尾變化)
年紀	~ 歲　基數 -Jahre alt (可省略)
	在 ~ 歲　mit- 基數
	表達「在 ~ 幾十歲」　in den 基數 +ern
	表達大約年紀：Anfang(出頭)/Mitte(中)/Ende(末)
分數	基數 + -(s)tel →需大寫
倍數	基數 + -fach →當形容詞使用時需再做字尾變化
次數	基數 + -mal
	基數 + -malig →當形容詞時需做字尾變化
種類	基數 + -erlei

時 間

24 小時制→官方用法，例如車站廣播

14.35 Uhr	vierzehn Uhr fünfunddreißig	會省略唸 Minute

12 小時制→口語常用

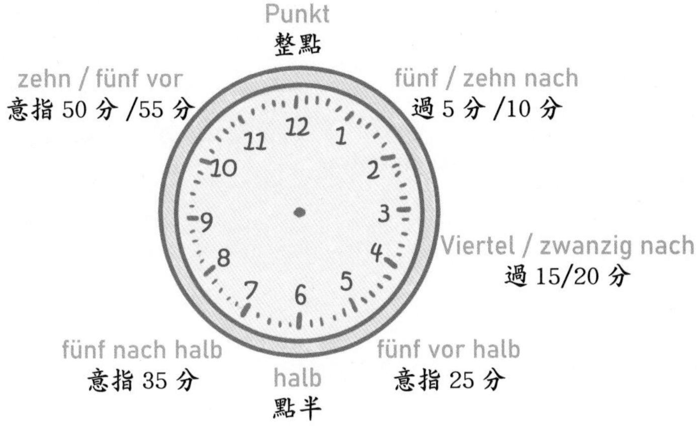

書面	口語特別唸法
1.00 Uhr / 13.00 Uhr	ein Uhr / eins
13.30 Uhr	halb zwei
15.58 Uhr	kurz vor vier
00.00 Uhr	Mitternacht

練習 11 Die Übungen

A 請在空格裡填入完整單詞變化 (形容詞、格變化)

Nom.	der blaue Mantel	neues Auto	eine rote Jacke	keine gelben Socken
Akk.				
Dat.				
Gen.	des blauen Manteles	neuen Autos	einer roten Jacke	keiner gelben Socken

B 請將動詞第一分詞 / 第二分詞改寫成形容詞。

例句：ein Hemd(das)-neu gekauft：ein neu gekauftes Hemd.

❶ ein Telefon(das)-klingelt：ein ______________________.

❷ Wasser(das)-kocht：______________________.

❸ ein Koffer(der)-vergessen：ein______________________.

❹ die Tasche-gestohlen：die______________________.

解答在 Seite 338

C 請填入正確的比較單字變化。

原級	比較級	最高級
❶ neu		am neu(e)sten
❷ jung		am
❸ gut		am
❹ viel		am
❺ hoch		am
❻ teuer		am

D 請選出合適的答案，並且寫出要做哪種比較變化（原級 / 比較級 / 最高級）。

schnell　schön　als　so…wie

groß　immer teuer　viel　billig

Je mehr　nicht so　desto weniger

❶ Ein Auto ist ________ _____ ein Fahrrad.

❷ Felix ist _____ ________ _____ Peter.

❸ Ein gutes Fahrrad ist ________ _____.

❹ Die Häuser in Taiwan werden ____________.

❺ ________ er die Wahrheit sagt, __________ Angst habe ich.

❻ Ich finde, du bist die ________ Frau auf der Party.

練習 12 Die Übungen

E 請選出合適的副詞。

1. Heute kaufen die Meschen nie/meistens /einmal im Supermarkt ein.
2. Wir gehen sonntags bald/oft/erst ins Café.
3. Warum hast du das nicht also/dann/früher gesagt?
4. Wo gehst du hin/auf/da? Komm bitte drinnen/vorn/hierher.
5. Draußen regnet es. Trotzdem/Deshalb/Sonst bleibe ich zu Hause.

F 請根據每欄的疑問詞，將以下副詞分別歸類。

dorthin draußen also bis jetzt dann natürlich

unten links allerdings deswegen trotzdem

deshalb leider selten gern gestern

時間副詞	地點副詞	原因副詞	方式副詞
wann? wie oft? wie lange?	wo? woher? wohin?	warum? wieso? wozu?	wie? womit?

G 請寫出數字唸法。

❶ 136 ________________________________.

❷ 10.824 ________________________________.

❸ 2015 年　im Jahr ________________________________.

❹ 17 世紀　im ________________________________.

❺ 生日 7 月 17 日　am ________________________________.

❻ 30 幾歲　in den ________________________________.

❼ 3x7=21 ________________________________.

❽ 70,89 ________________________________.

❾ 1/4 ________________________________.

❿ 5 倍 ________________________________.

⓫ 百種 ________________________________.

⓬ 13 時 30 分 (官方 / 口語) ________________________________.

解答在 Seite 339

hinter
vor
neben
auf
gegenüber
in

unter
an
zwischen
13
介系詞
Die Präpositionen

介系詞

介系詞在句子裡是為了表達：

❶地點：in Berlin（在柏林）

❷方向：nach Berlin（去柏林）

❸時間：
ab nächster Woche（下周開始）

❹情況：
Tee mit Zitrone（茶加檸檬）

❺原因：
Er entschuldigte sich für die Verspätung.（他為遲到而道歉）

❻目的：
Zum Wohl.（祝健康）

介系詞特點

1 介系詞會有多種字義，在句子裡的使用頻率非常高，通常會接名詞、代名詞、形容詞、副詞、動詞。

2 學習重點，搭配介系詞時，後面名詞 / 代名詞的格變化。
介系詞支配的格變化，分四類：

介系詞 + Akkusativ	介系詞 + Dativ	介系詞 + Akkusativ / Dativ	介系詞 + Genitiv

3 介系詞本身不會變化，但可以和後面的定冠詞合併。

an / bei / in / von / zu + dem	an / auf / in + das	zu + der
am / beim / im / vom / zum	ans / aufs / ins	zur

4 介系詞位置：

大部分介系詞放在修飾詞的前面，少數可放前面或後面

例：**nach** links（左轉）

Wir fahren den Rhein **entlang**. / Wir fahren **entlang** dem Rhein.（我們沿著萊茵河走。）

少數介系詞放在要修飾詞的後面

例：Ich gehe meiner Gesundheit **halber** in die Thermalquelle.
（為了我的健康而去泡溫泉。）

有些組合而成的介系詞，可分離，放在修飾詞的前後

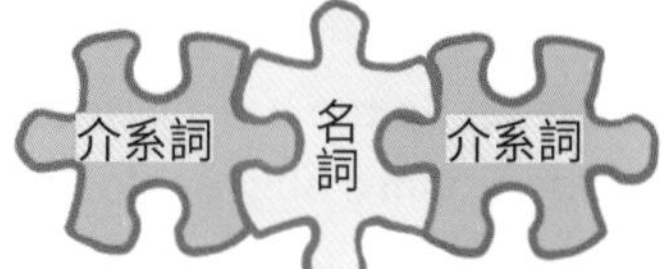

例：**Vom** 1. Dezember **an** werden die Preise erhöht.
（從 12 月 1 日開始價格提高。）

介系詞支配的格

+ Akkusativ	兩者皆可	+ Dativ
bis durch für gegen ohne um	an auf entlang hinter in neben unter über vor zwischen	ab aus bei gegenüber mit nach seit von zu

+ Genitiv	anstatt/statt außerhalb halber infolge innerhalb trotz während wegen

介系詞 +Akkusativ

介系詞	字義	例句
bis	到…為止	Diese Ausstellung ist bis nächsten Montag geöffnet.（這個展覽開放到下周一為止。）
durch	❶形容穿過去的情況，穿過、通過、經過。	Wir gehen durch einen Tunnel.（ 我們穿過一個隧道。）
	❷指時間的貫穿	Ich arbeite die ganze Nacht durch.（ 我整夜工作。）
	❸表達使用方法，用…通過	Durch das Schwimmen lässt sich das Gewicht reduzieren.（通過游泳讓體重減輕。）
für	❶對於、由於、因為某人或某事	Er entschuldigt sich für die Verspätung.（他為遲到而道歉。）
	❷表示一段時間	Beide Seiten haben einen Vertrag für 5 Jahre abgeschlossen.（雙方簽訂 5 年合約。）
	❸以…來說	Für mich war die Prüfung zu schwer.（以我來說這個考試太難了。）
	❹同意	Ich bin für deine Meinung.（我同意你的意見。）
ohne	沒有、不包括。後面名詞若沒有特指，常不用冠詞	Ist es möglich ohne Geld zu leben？（有可能不用錢生活嗎？）

gegen	❶指時間，大約、臨近	Paul kommt gegen 9 Uhr. （保羅大約 9 點來。）
	❷指朝某方向去，是會碰到的狀態、撞到	Ich fahre gegen den Wind mit dem Fahrrad. （我逆風騎腳踏車。）
	❸對立的、反對的、違反的、防…(例如防水)	Noah ist gegen meine Meinung. （諾亞反對我的意見。）
	❹形容比較的情況，比起…	Gegen gestern ist es heute kalt. （跟昨天比起來，今天較冷。）
um	❶指圍繞某物的情況	Wir sitzen um den Tisch. （我們圍著桌子坐。）
	❷指時間，在…時刻、大約…時刻左右	Wir fahren morgens um 10 Uhr los.（我們大約早上 10 點出發。）
	❸關於、為了	Herr Schmidt fragt mich um die Lösung. （史密特先生問我關於答案的事。）
	❹表示價格、數量	Der Preis wird um 20% reduziert. （價格減少 20%）

介系詞 +Dativ

介系詞	字義	例句
ab	從…開始（指地點、時間、事件）	Ab nächster Woche hat das neue Kaufhaus geöffnet. （新百貨公司從下周開始營業。）
aus	❶從…來的、來自、出處	Sarah ist aus diesem Haus gerannt. （莎拉從那間房子跑出來。）
	❷指材質，接名詞不需冠詞	Die Fußböden sind aus Marmor. （地板是大理石材質。）
bei	在…地方	Marta wohnt bei ihrer Mutter. （瑪爾塔住在她媽媽家。）
	在…時候	Bei der Prüfung darf man nicht sprechen.（考試時不准說話。）
	在…附近	Sein Haus steht bei dem Baum. （他家附近有一棵樹。）
gegenüber	對面。可放在名詞前後，但只能放在代名詞後面	Gegenüber dem Postamt steht eine Bank.（郵局對面是一家銀行。）
mit	❶和、跟	Ich gehe mit meiner Freundin ins Kino.（我和我女朋友去看電影。）
	❷帶有、包括在內（和 ohne 是相對詞）	Ich möchte einen Tee mit Zitrone. （我想要一杯茶加檸檬。）
	❸表示使用的工具、做法、行為	Ich fahre mit dem Auto nach Berlin. （我開車去柏林。）
	❹在…時候	Mit 15 Jahren hat er das Studium abgeschlossen. （他 15 歲時大學畢業。）
	❺對…來說	Was ist los mit dir?（你怎麼了嗎？）
seit	自從、從…到現在	Seit einem Jahr arbeite ich in diesem Café. （我一年前開始在這家咖啡廳工作。）

nach	❶表達去的方向	Ich fahre mit dem Auto nach Berlin.（我開車去柏林。）
	❷指時間上的「之後」，使用時間、星期、月份、節日，不需加冠詞	Nach Mittwoch wird es wärmer.（周三之後天氣會變暖。）
	❸表達順序，在…之後、接著	Nach dem Abendessen gehen wir ins Kino.（晚餐後我們去看電影。）
	❹依照、根據	Ordnen Sie bitte diese Bücher nach dem Alphabet.（請依照字母順序整理這些書。）
von	❶指地點，從…來	Professor Hoffmann kommt von der Schule.（霍夫曼教授從學校過來。）
	❷指時間，從 ... 開始	Ich habe vom 7. bis 17. Juni Urlaub.（我從6月7日到17日休假。）
	❸表達屬於的關係，有「的」之意	Sarah ist eine gute Freundin von mir.（莎拉是我的一個好朋友。）
	❹整體之中的一個，也可形容特性	Sie ist eine Frau von 50 Jahren.（她是一個 50 歲的女人。）
	❺表示貴族稱號，縮寫為 v.	Otto Eduard Leopold von Bismarck（「鐵血宰相」俾斯麥的全名）
zu	❶表達去的方向	Die Kinder gehen zur Schule.（孩子們去學校。）
	❷在（地點、時間）	Zu Anfang des Jahres habe ich einen Bonus erhalten.（在年初時我得到一筆獎金。）
	❸變為、變成	Die Trauben ist zu Wein geworden.（ 葡萄變成紅酒。）
	❹表達使用的方法	Wir gehen zu Fuß.（我們走路去。）
	❺有目的的做某事、或加上某物，有「為了」之意	Zum Wohl ！（祝健康！）
	❻表達比例，例如比賽的比數 、完成幾分之幾	Die deutsche Mannschaft hat mit 3 zu 2 gewonnen.（德國隊以 3 比 2 獲勝。）
	❼表達面額	Ich möchte vier zu 10 Euro und zwei zu 5 Euro.（我想要4個10歐元和2個5歐元。）

介系詞 +Akkusativ / Dativ

會同時搭配 Akkusativ / Dativ 的介系詞，可以從動作、語意是否為動態來判斷：

介系詞 + Akkusativ	介系詞 + Dativ
動態的，有移動位置或方向	只有靜態的位置
疑問詞 wohin?	疑問詞 wo?

方向介系詞

說明方向時，很明顯有動態和靜態的區別，所以使用的介系詞會同時搭配 Akkusativ / Dativ。

über 跨過（不會碰觸到的）、經過、在空中通過

entlang 沿著

zwischen 在…之間

an 在…邊上

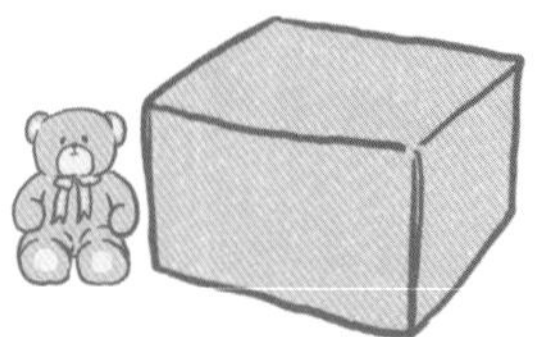

neben 旁邊

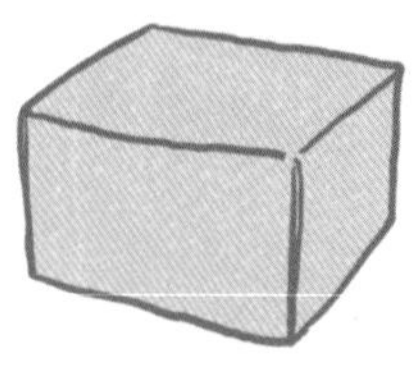

hinter 在…後面

vor 在…前面

auf 在…上面（有碰觸到的）

unter 在…下面

in 在裡面

地點介系詞

表達地點的介系詞，有習慣用法：

地點	wohin? (Akkusativ)	wo? (Dativ)
城市、國家 不用加冠詞 ※ 少數需加冠詞國家，例 die Schweiz	Ich fahre nach München.	Mein Freund wohnt in München.
建築物 需加冠詞	Ich gehe ins Büro.	Sophia ist im Büro.
山上、島嶼	Ich fahre auf die Zugspitze.	Peter war dann mal auf der Zugspitze.
海邊、沙灘、河邊、河岸、湖邊	Ich fahre am Wochenende ans Meer.	Monika wohnt am Titisee.

時間介系詞

常用在時間的介系詞，搭配 Akkusativ Dativ 有固定用法：

用在日期、星期、一天當中的時段	an + Dativ	am 7. Juni / am Mittwoch / am Nachmittag
		in der Nacht ※ 特例用法
用在分、秒、小時，月份、季節、年份、世紀	in + Dativ	im Jahr(e) 2022 / im Winter
		in 5 Minuten ※ 注意用法：在…時間內
用在分、秒、小時	um + 時間	um acht (Uhr) / um 10.24
在…之前	vor + Dativ	vor einer Woche
在…期間	zwischen + Dativ	zwischen den Feiertagen
		zwischen Frühling und Sommer ※ 接節日、季節不用冠詞
經過一段時間、度過一段時間	über +Akkusativ	über ein Jahr

介系詞 +Genitiv

介系詞	字義	例句
anstatt / statt	取代…而不是	Statt des Autos hätte ich lieber das Fahrrad genommen. （我寧願騎自行車而不是汽車。）
außerhalb	在…之外 （指地點、時間）	Außerhalb der Arbeitszeit schalte ich den Computer nicht ein. （工作時間之外我不會打開電腦。）
halber	為了。 接在名詞後面使用。	Ich gehe meiner Gesundheit halber in die Thermalquelle. （為了我的健康而去泡溫泉。）
infolge	由於。 可和 von 連用，意思相同。	Infolge des Coronavirus sind viele Städte gesperrt. （由於新冠病毒許多城市封鎖了。）
innerhalb	在…之內 （指地點、時間）	Innerhalb der Arbeitszeit schalte ich mein Handy nicht ein. （在工作時間裡我不會開我的手機。）
trotz	儘管	Trotz des schönen Wetters wurde das Konzert abgesagt. （儘管天氣很好，音樂會還是取消了。）
während	在…期間	Während der Corona-Pandemie muss man die Schutzmaske tragen. （在新冠疫情期間人們必需戴口罩。）
wegen	由於	Wegen des Taifuns wandern wir nicht. （由於颱風我們不去健行了。）

動詞搭配介系詞

使用動詞時，接在後面的詞要用 Akkusativ 還是 Dativ，是文法學習重點，以下整理出一些常見組合。

1 字義相近的動詞

這一組的動詞字義接近，常搭配介系詞，但使用時又有動態或靜態的區別。

動態→接 A(Akkusativ)	介系詞	靜態→接 D(Dativ)
legen 放在（指平放）	an	liegen 擺在、平放、處於
stellen 放在（指豎放）	auf hinter	stehen 直立的置放
setzen 坐下	in	sitzen 坐著
hängen 掛上去	neben	hängen 掛在
stecken 插入	über	stecken 插著
	unter vor	
	zwischen	

<句型>：動詞 + A + 介系詞 + A

Sophie legt das Buch auf den Tisch. （蘇菲把書放在桌子上。）

- Sophie：主詞是人，或可以主動做出動作的
- legt：動詞 legen+A
- auf den Tisch：介系詞 auf + A/D，視句意而定

<句型>：動詞 + 介系詞 +D

Das Buch liegt auf dem Tisch. （書在桌子上。）

- Das Buch：主詞是物品，以及不會主動做出動作的人，例如 Das Baby
- liegt：動詞 liegen
由於是靜態的結果，因此句子裡不會有 Akkusativ 直接受詞
- auf dem Tisch：介系詞 auf + A/D，視句意而定

2 介系詞受詞

有的動詞，有固定搭配介系詞，其後接的名詞，要做固定的格變化，這類型名詞即為介系詞受詞。這樣的組合，可視做片語，需要熟記。

介系詞受詞
↓
主詞 動詞 — 介系詞 名詞
固定搭配
↑
有固定的格變化 A(Akkusativ)/ D(Dativ)

例句：**denken an** + A

Ich denke oft an meine Reise nach Deutschland.

（我常想起我的德國之旅。）

常見動詞

an + D

arbeiten（做、從事）	erkennen（認出、承認）	es fehlt…（缺了…）
es liegt…（取決於…）	leiden（忍受）	teilnehmen（參加）
zweifeln（懷疑）		

an + A

denken（想）	sich erinnern（記得）	glauben（相信）
sich gewöhnen（習慣）	sich halten（遵守）	

auf + A

achten（注意）	antworten（回答）	aufpassen（注意）
sich beziehen（指的是）	sich freuen（期待）	hoffen（希望）
sich verlassen（依靠）	sich vorbereiten（準備）	warten（等待）

aus + D

bestehen（包括、由…組成）	

bei + D

sich bedanken（感謝）	sich beschweren（抱怨）
sich entschuldigen（道歉）	sich erkundigen（詢問）
helfen（幫助）	sich informieren（得到消息、通知）

für + A

ausgeben（花費）	sich bedanken（感謝）
danken（謝謝）	sich einsetzen（提倡、挺身而出）
sich entscheiden（決定）	sich entschuldigen（道歉）
halten（把…視為）	sorgen（照顧）
sich interessieren（對…感興趣）	

gegen + A

kämpfen（鬥爭、反對）	protestieren（抗議）
verstoßen（違反、侵犯）	

in + D

sich irren（搞錯）	

in + A

sich verlieben（愛上）	

mit+ D

anfangen（開始）	aufhören（停止、結束）
beginnen（開始）	sich beschäftigen（專心致力）
diskutieren（討論）	handeln（交易、經營）
reden（談論、聊天）	sprechen（和…說話）
sich treffen（和…見面）	sich unterhalten（聊天）

nach + D

sich erkundigen（詢問）	fragen（詢問）	schmecken（嚐起來像…）

über+ A

sich ärgern（生氣）	berichten（報告）	diskutieren（討論）
erzählen（說明、解釋）	sich freuen（對…感到高興）	
lachen（取笑）	nachdenken（考慮）	reden（談論）
sprechen（談論）	sich beschweren（抱怨）	
sich unterhalten（聊天、交談）		

um + A

sich bemühen（努力爭取）		sich bewerben（應徵）
sich kümmern（關心某人或某事）		es geht…（有關於…）
es handelt sich…（有關於、這都是…）		sich drehen（圍繞著、有關於）
bitten（請求）	trauern（哀悼）	sich sorgen（擔心）

unter + D

leiden（受苦）	

von+ D

abhängen（取決於）	erfahren（借鏡）
sich erholen（復原、放鬆恢復）	erzählen（講述）
halten（掌控、考慮、阻止）	handeln（處理、關於）
reden（談論）	sprechen（談論）
sich trennen（從…分離）	sich unterscheiden（和…不同）
sich verabschieden（告別）	verstehen（認知、了解）

vor + D

fliehen（逃離）	sich fürchten（害怕）	schützen（防範）
warnen（警告）		

zu + D

auffordern（問…關於某事）	einladen（邀請）	sich entschließen（決定要）
führen（導致）	gehören（屬於）	gratulieren（恭喜）

問答句搭配介系詞

常用到問答句，例如：你在哪裡？去哪裡？書放在哪裡？回答時也同樣會搭配介系詞。

問	Wo	steht		Herr Schmidt?
	（史密特先生站在哪裡？）			
答	-Er	steht	neben	der Frau.
	（他站在那位女士旁邊。）			
	-Herr Schmidt	steht	neben	ihr.
	（史密特先生站在她旁邊。）			
	-Er	steht	neben	dem Tisch.
	（他站在桌子旁邊。）		介系詞	名詞 / 代名詞 Dativ

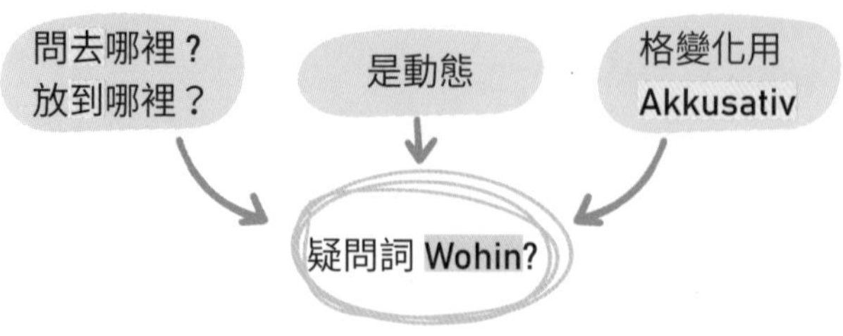

問 Wohin geht Herr Fischer?
（菲瑟爾先生去哪裡？）

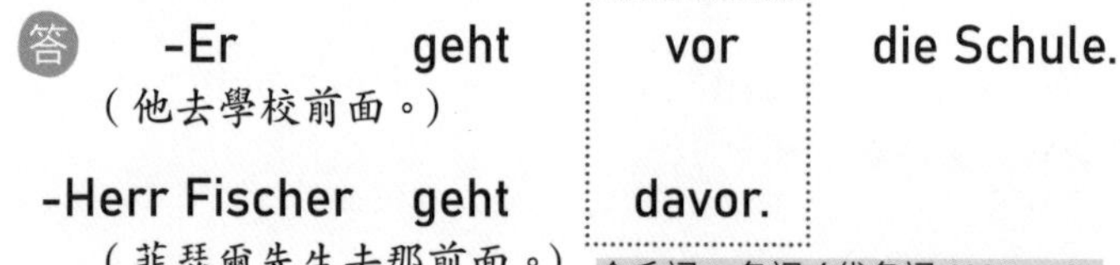

答 -Er geht vor die Schule.
（他去學校前面。）

-Herr Fischer geht davor.
（菲瑟爾先生去那前面。）

介系詞 + 名詞 / 代名詞 Akkusativ

da 用法

代詞 da 是一個常見的省略名詞用法，放在介系詞前面，和介系詞連起來。母音開頭的介系詞，則用 dar- 。疑問詞 wo 加介系詞連用時也是同樣規則。

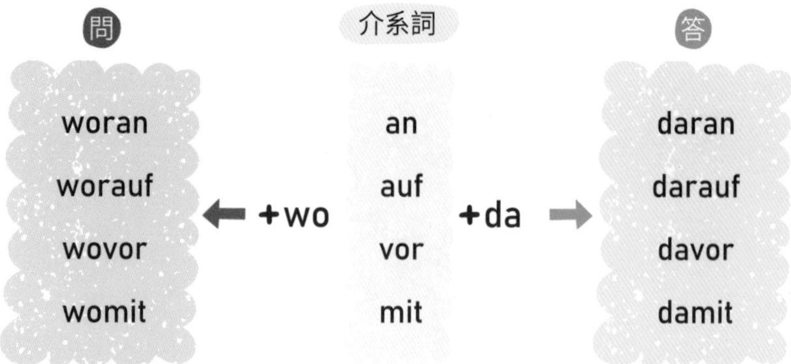

介系詞受詞問答句

1 介系詞後接「人」+ Dativ

例 sich unterhalten mit + Dativ

問 介系詞 + 疑問代名詞 wem

Mit wem habt ihr euch unterhalten?

（你們和誰聊天？）

答 介系詞 + 名詞 / 人稱代名詞

Wir haben uns mit einem Sänger unterhalten.

（我們和一個歌手聊天。）

常見介系詞

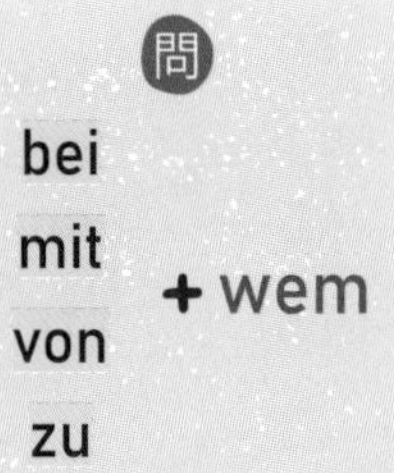

問

bei / mit / von / zu + wem

答

bei / mit / von / zu + mir, dir, ihm, ihr, ihm, uns, euch, ihnen, Ihnen

2 介系詞後接「人」+ Akkusativ

例 **warten auf + Akkusativ**

問 介系詞 + 疑問代名 wen

Auf wen wartet ihr?（你們在等誰？）

答 介系詞 + 名詞 / 人稱代名詞

Wir warten auf dich.（我們在等你。）

常見介系詞

問		答		
an auf für über	+ wen	an auf für über	+	mich, dich, ihn, sie, es, uns, euch, sie, Sie

3 介系詞後接「事、物」

例 **erzählen von + Dativ**

問 wo(r) + 介系詞

Wovon erzählt Julia? Von ihrer Weltreise?

（茱莉亞講什麼？關於她的環球之旅？）

答 (省略用法) da(r)+ 介系詞

Ja, davon erzählt sie.（嗯，她講了那些。）

例 **sprechen über + Akkusativ**

問 wo(r) + 介系詞

Worüber sprecht ihr? Über den Impfstoff?

（你們在談論什麼？關於疫苗？）

答 (省略用法) da(r)+ 介系詞

Ja, darüber sprechen wir.（是的，我們在談它。）

常見介系詞

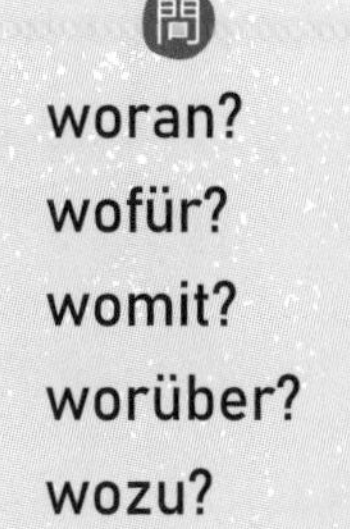
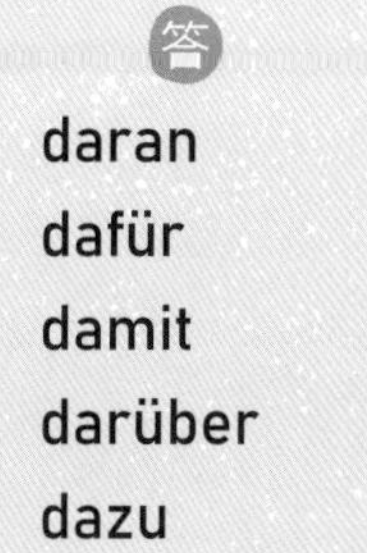

問	答
woran?	daran
wofür?	dafür
womit?	damit
worüber?	darüber
wozu?	dazu

介系詞在句子裡的功能

❶表達地點 ❷表達方向 ❸表達時間 ❹表達情況

❺表達原因 ❻表達目的

介系詞位置

1 大部分介系詞放在修飾詞的前面，少數可放前面或後面

2 少數介系詞放在要修飾詞的後面

3 少數介系詞放在要修飾詞的後面

介系詞支配的格

+ Akkusativ	兩者皆可	+ Dativ
bis durch für gegen ohne um	an auf entlang hinter in neben unter über vor zwischen	ab aus bei gegenüber mit nach seit von zu

+ Genitiv	anstatt/statt außerhalb halber infolge innerhalb trotz während wegen

介系詞 + Akkusativ / Dativ

會同時搭配 Akkusativ / Dativ 的介系詞，可以從動作、語意是否為動態來判斷：

介系詞 + Akkusativ	介系詞 + Dativ
動態的，有移動位置或方向	只有靜態的位置
疑問詞 wohin?	疑問詞 wo?

介系詞 + 定冠詞的簡寫

an / bei / in / von / zu dem	an / auf / in das	zu der
am / beim / im / vom / zum	ans / aufs / ins	zur

動詞搭配介系詞

1 字義相近的動詞

動態→接 A(Akkusativ)	介系詞	靜態→接 D(Dativ)
legen 放在（指平放）	an	liegen 擺在、平放、處於
stellen 放在（指豎放）	auf hinter	stehen 直立的置放
setzen 坐下	in	sitzen 坐著
hängen 掛上去	neben	hängen 掛在
stecken 插入	über	stecken 插著
	unter vor	
	zwischen	

↓ ＜句型＞：動詞 + A + 介系詞 + A

↓ ＜句型＞：動詞 + 介系詞 +D

2 介系詞受詞

動詞 ⟷ 介系詞 + 名詞

固定搭配

名詞 → 介系詞受詞　依前面的介系詞做格變化

問答句搭配介系詞

問句用 Wohin? → 是動態；問去哪裡？放到哪裡？

答句 → 格變化用 Akkusativ

問句用 Wo? → 是靜態；問在哪裡？

答句 → 格變化用 Dativ

介系詞受詞問答句

1 介系詞後接「人」

	 問	 答
Dativ	介系詞 + 疑問代名詞 wem	介系詞 + 名詞 / 人稱代名詞 例：bei ihm, mit mir, von uns
Akkusativ	介系詞 + 疑問代名詞 wen	介系詞 + 名詞 / 人稱代名詞 例：an mich, auf ihn, für dich

2 介系詞後接「事、物」

	 問	 答
	wo(r) + 介系詞	(省略用法) da(r)+ 介系詞
例句	woran? wofür? womit?	daran dafür damit

練習 13 Die Übungen

A 請將以下介系詞填入合適的欄位。

+ Akkusativ	+A/D 兩者皆可		+ Dativ	+ Genitiv

B 填空，請從右方欄選出合適的答案。

❶ Hannah hat Kuchen _____ Bäckerei mitgebracht.	a/ auf den
❷ Ende September bin ich in München _____ Oktoberfest.	b/ aus der
❸ Morgens _____ 9 Uhr fährt er _____ Büro.	c/ mit
❹ Kann man hier _____ Kreditkarte zahlen?	d/ durch die
❺ Eine große Portion Pommes _____ Ketchup bitte.	e/ auf dem
❻ Als ich _____ ersten Mal in Deutschland war, habe ich nicht viel verstanden.	f/ in der
❼ Stellen Sie das Wasser bitte _____ Tisch.	g/ bei…auf der
❽ Deutschland liegt _____ Mitte Europas.	h/ zum
❾ LKWs dürfen nicht _____ Altstadt fahren.	i/ ohne
❿ Morgens sitzen wir _____ Sonnenschein _____ Terrasse.	j/ um…ins

C 請依照句子裡的動詞，填入合適的介系詞和格變化。

❶ Wir **nehmen** ________ Sprachkurs **teil**.

❷ Wir **fangen** um 8 Uhr ________ d__ Unterricht **an**.

❸ Bitte **antworten** Sie __________ mein__ Frage.

❹ Ich **danke** ihm __________ sein__ Hilfe.

❺ **Interessierst** du dich ________ Oper?

❻ Ich **diskutiere** ________ mein__ Freunden oft über Oper.

❼ Der Tourist **fragte** einen Polizisten __________ d__ Weg.

❽ Die Polizei **warnt** die Besucher ________ Taschendieben.

❾ Ich **verstehe** nichts ________ Investition.

❿ Jennifer **redet** nur noch ________ ihr__ neuen Freund.

解答在 Seite 340

Juhu! Wie schön die Landschaft ist.

14 疑問詞、感嘆詞、連接詞

Die Fragewörter、Die Interjektion、Die Konjunktion

疑問詞

使用疑問句想得到的答案不外乎有：問人、問事物、問哪一個人或物品、問時間或地點、問事（情況），各有對應使用的疑問詞。

Wer? Was? Welche? Wie?

Wo? Wann? Warum? Wessen?

An wen? Von wem? Wozu? Weshalb?

疑問代名詞：wer（誰） 格變化和指示代名詞 der 相同

Nominativ	Akkusativ	Dativ	Genitiv
wer	wen	wem	wessen

搭配介系詞時→介系詞 + wer 格變化
例如：An wen? Von wem?

疑問代名詞：was（什麼）

Nominativ	Akkusativ	Dativ	Genitiv
was	was	was（幾乎不用）	wessen

搭配介系詞時→介系詞 + Wo(r)- + 介系詞
遇到介系詞是母音開頭，需加 r，例如 worauf、woran

疑問代名詞：welche-（哪個）

陽性	中性	陰性	複數
welcher	welches	welche	welche

搭配介系詞時→介系詞 + welche- 格變化
例如：Von welchem Auto

Was für ein（什麼樣的）用法

welche- 用於定冠詞名詞，was für ein 用於不定冠詞名詞，並依此做格變化。若後面接不可數名詞或複數，則不用 ein。
使用時，welche- 有限定範圍，問哪一個、哪一種。was für ein 是發問者沒有限定，回答者要再說明需求。

口語習慣把 was 和 für ein 分開使用：
Was suchst du für ein Buch?（你找什麼樣的書？）

疑問副詞

常見疑問副詞	用法
wo	問地點：在哪裡
woher	問地點：從哪來
wohin	問地點：去哪裡
wie...	字義：如何、多…，依後面接的形容詞、動詞表達問句
例：wie groß / wie lange / wie oft	多大、多高／多長、多久／多常（指頻率）
wie viele	問數量：有多少，用於可數名詞
wie viel	問數量：有多少，用於不可數名詞
wann	❶問時間：正確的時刻 ❷詢問資訊：例如何時要完成
wie spät	問時間：正確的時刻
wie viel Uhr	
um wie viel Uhr	
wievielte	問時間：正確的日期
warum	問原因：為什麼
wieso	問原因：怎麼、為什麼
weshalb	問原因：為什麼、因此所以
weswegen	問原因：由於什麼、為什麼
wozu	問目的：為何、出於什麼目的

感嘆詞

疑問詞同時會用在表示感嘆，常見的感嘆詞有：

was **wie** **welcher** **was für (ein)**

＜句型＞

❶ Wie schön ❷ der Blick auf den See ❸ ist.（句尾）（湖景好美啊！）

常把動詞移到句尾使用

Wie schön ist der Blick auf den See

動詞放第 2 位置和句尾，意思相同

語氣助詞

Was ist denn hier los?（這裡究竟發生了什麼？）

denn：表達情緒和態度的語氣詞，不會放在句子開頭，通常在句子中間出現。

較緩和語氣

語氣助詞	字義	用法	例句
denn	究竟、到底	❶用於問句的驚訝情緒 ❷有興趣的	Was ist denn hier los? （這裡究竟發生了什麼？）
mal	類似中文「…一下嘛」	用於要求	Könntest du mal das Licht anmachen? （你能開一下燈嗎？）
allerdings	❶當然 ❷雖如此，不過…	❶表示認同（對方的話） ❷情況雖然如此，仍有但書	❶ Diese Schuhe sind zu teuer. → Allerdings. （這雙鞋太貴了。→當然。） ❷ Ich gehe zur Party, allerdings bleibe ich nur eine Weile. （我會去派對，不過只待一會兒。）

語氣提高

語氣助詞	字義	用法	例句
aber	真是、居然	感到意外、驚訝、不滿、可惜的情緒	Das ist aber schade. （真的好可惜啊！）
ja	真是的、可是、一定	突然發生的意外、驚訝，或是尋求認同的語氣	Henry, du bist ja schon da. （亨利，你已經來了！）
bloß / nur	千萬、務必	表示後悔、遺憾，重點在句子裡強調的事，其他不重要	Hätte ich das bloß nicht gesagt. （要是我沒那麼說就好了！）

etwa	是不是、大約	用於問句，猜測語氣	Ist Elias etwa krank ？ （埃利亞斯病了嗎？）
einfach	簡直、就是	感到眼睛一亮的驚喜情緒	Es ist einfach wunderbar! （這真是太棒了！）
schon	一定	表示肯定的、放心的	Er wird die Meisterschaft schon gewinnen. （他一定會拿到冠軍。）

語氣強烈

語氣助詞	字義	用法	例句
wohl	大概、也許	懷疑的猜測語氣	Da hast du dich wohl verhört? （你大概聽錯了吧？）
eigentlich	其實、究竟	表達要再深思的感覺	Was kannst du eigentlich? （你究竟會什麼？）
eben/halt	只好、總之	無可奈何的情緒	So ist das eben. （它就這樣了。）
doch	確實、本來	❶希望得到認同的 ❷不耐煩的、氣沖沖的	Nein doch ！ （不是的！）

狀聲詞

直接在句子開頭就發聲的狀聲詞語氣最強烈，立刻就讓人感受到情緒。

狀聲詞	用法
ach	表達驚訝的，咦？
aha	表達同意，對啊！
au	好痛！
au ja!	好哦！
igitt	好噁！
juhu	歡呼
na	連接句子的口語，類似「那…」「好吧…」的意思
oje	懊惱的
pfui	氣憤的
oh Gott!	受到很大驚嚇
Mann!	生氣大喊
Mensch!	哇！很意外的，驚喜的、驚訝的、氣憤的

連接詞

連接詞不需變化，在句構裡視做不佔位置的存在。
依句型分成三種：

❶ 對等連接詞
連接主句和主句

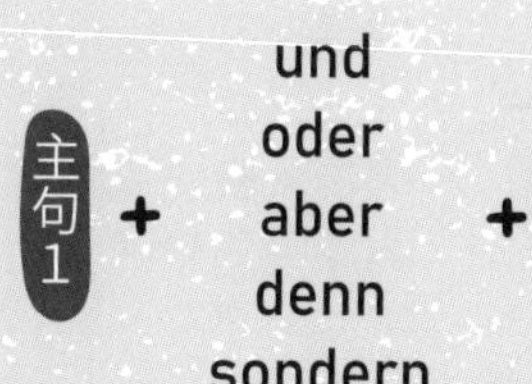

❷ 從屬連接詞
需導引出子句，是主句 + 子句的用法

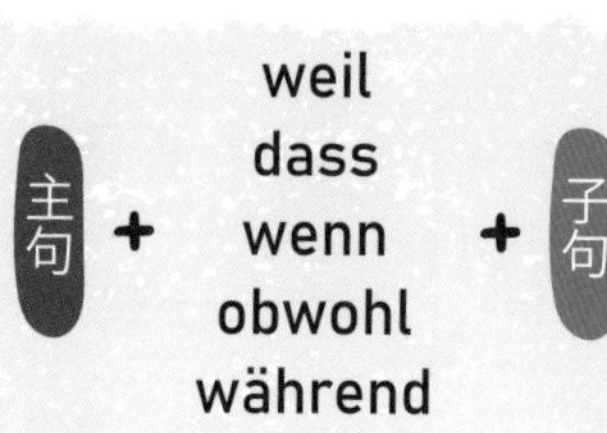

❸ 副詞連接詞
成為另一主句開頭，是連接主句和主句的特別用法

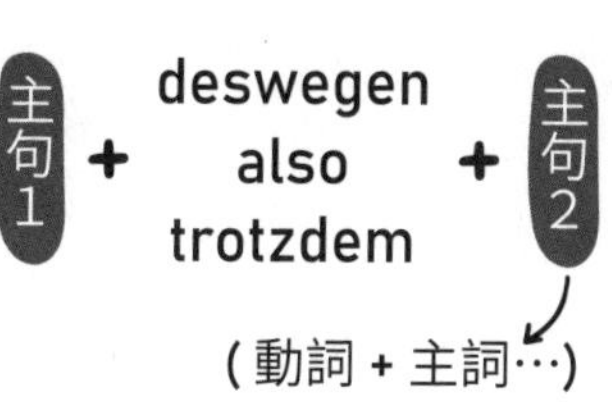

（動詞 + 主詞⋯）

1 主句 + 對等連接詞 + 主句

主句1			對等連接詞	主句2		
❶	❷	❸		❶	❷	❸
Die Kinder	bleiben	zu Hause	und	wir	gehen	zum Supermarkt.
	動詞在第 2 位置		視做不佔位置		動詞在第 2 位置	

常見連接詞	字義	用法
und	和	
oder	或是	
aber	但是	使用時前面要加逗號，可視做主句 2 開頭
denn	因為。表達主觀認為原因的想法。	使用時前面要加逗號，可視做主句 2 開頭
jedoch	可是、然而	使用時前面要加逗號，可視做主句 2 開頭
sondern	不 (是)…而是…	使用時前面要加逗號，前一句必須是否定句
sowie	如同、一…就	

多項對等連接詞	字義	用法
sowohl...wie	既…又	
sowohl...als auch	不僅…而且	
weder...noch	既不…也不	
entweder...oder	不是…就是	
nicht nur... , sondern auch	不但…而且	使用時中間要加逗號，可視做分別放在主句 1 和主句 2 裡
zwar..., aber	雖然…但是	使用時中間要加逗號，可視做分別放在主句 1 和主句 2 裡

2 主句 + 從屬連接詞 + 子句

從屬連接詞 + 子句 + 主句

說明原因的用法

weil	因為。 ①和對等連接詞 denn 字義相同。用 weil 引導的子句，為說明事實的情況，和主句較有因果關係。denn 較偏向主觀的想法。 ②對應疑問詞 warum，用 weil 當開頭回答。
da	因為。 和 weil 比較，weil 用於未知的資訊，da 則用在已知的資訊，常用子句在前面的句型。常用於書面文章。

說明結果的用法

dass	用法如同英語“that”，字義很多，例如：是…、叫做…、所以、因此
sodass / so dass	以致於
folglich	因此

表示條件的用法

ob	是否、是否要…問句的另一種表達
obwohl	雖然、即使
obgleich	雖然、儘管
dabei	但是、雖然

表示時間的用法

wenn	當…時、如果那時
als	當…時
bevor	在…之前
während	❶當…期間 ❷表示對立的情況，而、卻
bis	直到…為止
nachdem	在…以後
seitdem	自從…以來
sobald	一…就

表示假設的有條件用法

wenn	如果。wenn 還可用在表達時間
falls	如果。只用於情況說明，例如：如果有必要…
dann	那麼…

表示目的或方法

damit	為的是、以便
indem	透過方法、由於
dadurch	由於…因此

表示比較的情況

als	如同、比
wie	如…、像…
als ob	就好像

3 主句 + 副詞連接詞 + 主句

主句 1			主句 2		
❶	❷	❸	❶	❷	❸
Wir	fahren	an den see,	**trotzdem**	regnet	es.
	動詞在第 2 位置		副詞連接詞一定放在另一個主句的開頭	動詞在第 2 位置	

常見連接詞	字義
also	所以、於是
auch	此外、同樣…也、就連…也、不管如何
außerdem	此外、況且
darum	因此、所以
deshalb	因此、由於
deswegen	所以、為此
sonst	否則、此外
trotzdem	儘管如此、雖然

疑問詞

問：	誰？	什麼？
疑問詞	wer	was
Nominativ	wer	was
Akkusativ	wen	was
Dativ	wem	was（幾乎不用）
Genitiv	wessen	wessen
搭配介系詞時	介系詞 + wer 格變化	wo(r)- + 介系詞 遇到介系詞是母音開頭，需加 r，例如 worauf、woran

問：	哪個？		什麼樣的？	
疑問詞	welche-		was für ein	
陽性	welcher	+ 格變化 （和定冠詞變化相同）	was für ein	+ 格變化 （和不定冠詞變化相同）
中性	welches		was für ein	
陰性	welche		was für eine	
複數	welche		was für	
搭配介系詞時	介系詞 + welche- + 格變化			

常見疑問副詞

問：地點、方向	問：數量、情況	問：時間	問：原因
wo （在哪裡）	wie… （如何、多…）	wann （何時）	warum （為什麼）
woher （從哪來）	wie viele （有多少，用於可數名詞）	wie spät （幾點）	wieso （怎麼…）
wohin （去哪裡）	wie viel （有多少，用於不可數名詞）	wie viel Uhr （幾點）	weshalb （為什麼）
		um wie viel Uhr （在幾點）	weswegen （由於什麼）
		wievielte （問日期）	wozu （出於什麼目的）

疑問詞同時會用在表示感嘆，常見的感嘆詞有：

was　**wie**　**welcher**　**was für (ein)**

<句型>

❶ Wie schön　❷　❸ der Blick auf den See　句尾 ist.　（湖景好美啊！）

常把動詞移到句尾使用

Wie schön ist der Blick auf den See

動詞放第 2 位置和句尾，意思相同

語氣助詞

Was ist **denn** hier los?　（這裡究竟發生了什麼？）

表達情緒和態度的語氣詞，不會放在句子開頭，通常在句子中間出現。

常見語氣助詞

aber（真是、居然）	allerdings（當然）	bloß/nur（千萬、務必）	denn（究竟、到底）
doch（確實、本來）	eben/halt（只好、總之）	eigentlich（其實、究竟）	einfach（簡直、就是）
etwa（是不是、大約）	ja（真是的、可是、一定）	mal（類似中文「…一下嘛」）	schon（一定）
wohl（大概、也許）			

連接詞

連接詞不需變化，在句構裡視做不佔位置的存在。依句型分成三種：

<句型1> 主句1 + 對等連接詞 + 主句2

常見對等連接詞

und（和）	oder（或是）	aber（但是）	denn（因為）
jedoch（可是）	sondern（而是）	sowie（如同）	

多項對等連接詞

sowohl…wie（既…又）	sowohl…als auch（不僅…而且）	weder…noch（既不…也不）
entweder…oder（不是…就是）	nicht nur… , sondern auch（不但…而且）	zwar…, aber（雖然…但是）

<句型2> 主句 + 從屬連接詞 + 子句

從屬連接詞 + 子句 + 主句

常見從屬連接詞

說明原因	weil（因為）	da（因為）		
表示結果	dass（所以）	sodass / so dass（以致）	folglich（因此）	
表示條件	ob（是否）	obwohl（雖然）	obgleich（儘管）	dabei（但是）
表示時間	wenn（當…時）	als（當…時）	bevor（在…之前）	während ❶當…期間 ❷表示對立的情況，而、卻
	bis（直到…為止）	nachdem（在…以後）	seitdem（自從…以來）	sobald（一…就）
有條件的假設	wenn（如果）	falls（如果）	dann（那麼）	
表示目的或方法	damit（以便）	indem（透過方法、由於）	dadurch（由於…因此）	
表示比較	als（如同、比）	wie（如…、像…）	als ob（就好像）	

<句型3> 主句1 ＋ 副詞連接詞 ＋ 主句2

常見副詞連接詞

also（於是）	auch（同樣…也）	außerdem（況且）	darum（所以）
deshalb（因此）	deswegen（所以）	sonst（此外）	trotzdem（儘管如此）

練習 14 Die Übungen

A 請從右方欄找出合適的疑問詞。

❶ ________ öffnet das Fenster?	a/ Wie alt
❷ ________ Handy klingelt?	b/ Welche
❸ ________ antwortet Peter?	c/ Warum
❹ ________ sind Ihre Kinder?	d/ Wessen
❺ ________ arbeiten Sie hier?	e/ Woher
❻ ________ Sprachen sprechen Sie?	f/ Was für eine
❼ ________ Jacke suchen Sie?	g/ Wer
❽ ________ lernst du Deutsch?	h/ Was
❾ ________ kommst du denn?	i/ Wie lange
❿ ________ muss ich schreiben?	j/ Wem

B 請看圖填入合適的語氣詞。

❶ ________ schön ist das Wetter.

❷ Guck ________ !

❸ Das ist ________ teuer!

❹ Das ist ________ unmöglich!

⑤ Fahr ________ vorsichtig!

⑥ Was kannst du ________?

⑦ Das ist ________ nicht mehr zu ändern.

⑧ ________! Ich habe die Datei nicht gespeichert.

C 請重新組合單詞以完成句子。

① drei Brüder / vier Schwestern / Meine Oma / hat / und

____

② mit dem Auto / oder / mit dem Zug? / Fährst / du

____

③ probiere / ich es / Ich kann nicht / schwimmen, / trotzdem

____

④ den Zug / du / Beeil dich, / sonst / verpasst

____

⑤ sehr froh, / habe / Ich bin / dass / ich / eine neue Arbeit

____

⑥ Als / ich / noch klein / war, / ich / in Berlin / gelebt / habe

____

⑦ Susanne / geht / obwohl / hat / sie / keine Abendkleider / zur Party,

____

解答在 Seite 340

15 德語句型整理

Deutsche Satzordnung

德語句型整理

德語句型可分成 2 大類：

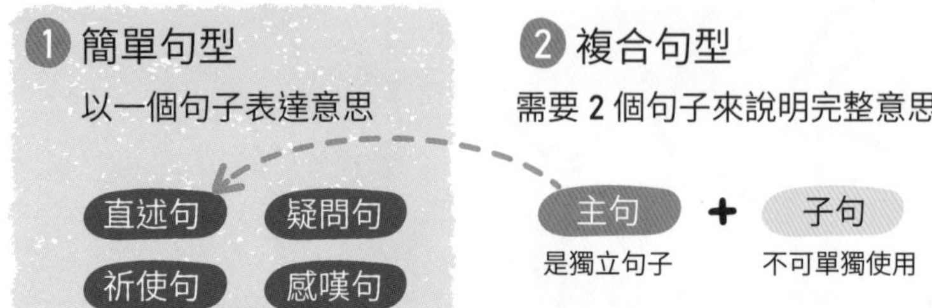

1 簡單句型：最常使用到的句型，有直述句、疑問句、祈使句、感嘆句。

2 複合句型：當需要做更多說明時，會使用主句 + 子句的句型，形成較長的句子。

主句 Hauptsatz (HS)	子句 Nebensatz (NS)
是簡單句型，是獨立句子	不能單獨成立，是主句的從屬
動詞在第 2 位置	動詞在子句句尾
主句後面有逗號，再接子句	子句開頭有連接詞，接主句
主句和子句位置對調時，動詞在逗點後	主句和子句位置對調時，子句動詞仍在子句句尾，有逗點

主句 HS　子句 NS

Ich habe gehört, dass er nach Deutschland geht.

（我聽說他要回德國了。）

主句 HS　子句 NS

Wir bleiben zu Hause, wenn es regnet.　（如果下雨，我們就待在家裡。）

子句 NS　主句 HS

Wenn es regnet, bleiben wir zu Hause.

主句和子句前後對調，句意不變。

句子的語序

德語句子的語序可分成 5 個區塊來看，主句是常用的獨立句子，語序也是德語句子的基礎。子句的語序則是從主句的語序基礎再做變化。

主句				子句		
❶	❷	❸		⓿	❶ - ❸	
句子前區	動詞	句子中區	句尾：動詞	連接詞	……	句尾：動詞
Ich	habe	einen Kuchen	gebacken.（我烤了一個蛋糕。）			
Ich	frage	ihn,		wann er zur Schule geht.（我問他什麼時候去學校。）		

主句語序

1 直述句

	❶	❷：動詞	❸	句尾：動詞
基本句型	Ich	habe	eine Frage.	
	Ich	bin	ein Berliner.	
情態動詞	Hier	darf	man nicht	parken.
分離動詞	Marta	fährt	heute	ab.
可連用動詞	Wir	gehen	morgens	spazieren.
現在完成式 / 過去完成式	Ich	habe/hatte	einen Kuchen	gebacken.
未來完成式 ※ 不常使用，而改用現在完成式	Sie	wird	nächsten Monat nach München	gezogen sein.
未來式	Frau Bauer	wird	wohl krank	sein.
虛擬二式	Stella	würde	gerne nach München	fahren.
被動式	Hier	wird	ein Theater	gebaut.

虛擬一式 ※ 常做引述用途，故有主句 + 子句

	主句	子句 ※ 需注意子句語序			
		❶	❷	❸	句尾
現在式	Sie sagte,	Elias	sei	in der Bibliothek.	
現在完成式	Sie sagte,	Elias	sei	in die Bibliothek	gegangen.

命令式 - 祈使句

	動詞移到句首	❷	❸
du 用法	Komm!		
	Komm	省略人稱	bitte sofort!
ihr 用法	Kommt	省略人稱	bitte sofort!
Sie 用法	Kommen	Sie	bitte sofort!

2 語序：時間、地點、方法

德語動詞放第 2 位置，這是句子的基本句構，若是要造比較長的句子，例如說明時間、地點、其他事物等等，又是如何排序？

＜句子裡有時間、地點、方法＞

Wir	fahren	morgen	mit dem Auto	nach Dresden.
主詞	動詞	時間	方法	地點

動詞一樣在第 2 位置

（我們明天開車去德勒斯登。）

＜要強調的詞放在句首時 (第 1 位置) ＞

Morgen	fahren	wir	mit dem Auto	nach Dresden.
時間	動詞	主詞	方法	地點
要強調的放到句首	動詞一樣在第 2 位置	主詞退到動詞後面		

（明天我們開車去德勒斯登。）

對等連接詞 1

主句 1 | 主句 2

Ben lebt jetzt in Berlin **und** ( ) arbeitet bei einer Bank.

主詞 動詞 時間 + 地點 | 對等連接詞在 2 個主句中間 | 省略同一主詞 | 動詞 地點

(Ben 現在住在柏林和在一家銀行工作。)

對等連接詞 2

主句 1：Am Freitag machen die Kinder einen Schulausflug,

時間 動詞 主詞 + 事件

倒裝句型，重點提前，主詞後移

主句 2 有主詞和動詞時，對等連接詞 und/aber 前面要加逗號

主句 2：**und** am Montag **bleiben sie** zu Hause.

對等連接詞 und/aber 後面接時間 / 地點 → 時間 動詞 主詞 地點

（周五孩子們去校外教學，周一他們待在家裡。）

疑問句

W- 疑問句和 Ja / Nein 疑問句

疑問句型有 2 種，一種是以 W 開頭的疑問詞所造的疑問句，第二種則是以動詞移到句首而形成的疑問句，回答時一定會以 Ja Nein 開始。

＜W- 疑問句＞

句首	❷	❸
Was	soll	ich sagen?
W- 疑問詞在句首	動詞 / 助動詞在第 2 位置	動詞原形放句末

＜Ja/Nein 疑問句＞

句首	❷	❸
Kannst	du	Deutsch sprechen?
動詞 / 助動詞移到句子前面		動詞原形放句末

答句：

開頭	❶	❷	❸
Ja,	Ich	kann	Deutsch sprechen.
以 Ja/Nein 回答		動詞 / 助動詞在第 2 位置	動詞原形放句末

子句語序

主句	子句		
依照基本語序	連接詞	中間	句尾：動詞
Es ist wichtig,	dass	ihr nie einfach	aufgebt.

	主句	子句			
	句末加逗號	連接詞	中間	動詞 1	句尾：動詞 2
基本句型：子句動詞移到句尾	Ich frage ihn,	warum	er nicht in die Schule		geht.
情態動詞	Es tut mir leid,	dass	Jana nicht	kommen	kann.
分離動詞	Er kommt nicht,	weil	er spät		aufsteht.
現在完成式 / 過去完成式	Ich weiße nicht,	ob	sie den Kuchen	gebacken	hat/hatte

帶 zu 不定式句型

	主句	子句 / 不定式句		
		時間 / 地點 / 受詞		句尾：不定式
主句用動詞	Wir versuchen,	jeden Tag	im Park	zu laufen.
主句用形容詞	Deutsch ist interessant			zu lernen.
分離動詞	Ich habe vor,	jeden Tag	früh	aufzustehen.
連接詞	Ich lerne Französisch,	um nach	Frankreich	zu reisen.

常見子句用法

dass 子句

dass 用法像英文的“that”，是很常見的子句連接詞。

說明	例句
主句用 es 開頭，子句 dass 指的就是主詞 es	Es tut mir leid, dass Jana nicht kommen kann.
主句開頭用字：「知道、了解、確定」，表達確定的事	Ich weiß, dass… Ich bin sicher, dass…
主句表達感覺、想法	Ich finde, dass… Ich bin der Meinung, dass…
主句表達情緒	Ich freue mich, dass...
主句動詞有固定搭配介系詞時，dass 做連接詞	Ich bestehe darauf, dass du noch bleibst.
修飾主句裡的名詞	Die Tatsache, dass sie sich geschieden haben, hat mich sehr überrascht.

dass 延伸出其他連接詞

字義	連接詞	說明	例句
以致於	so dass / so…dass	主句的行為導致子句的結果。句子有形容詞要強調時，使用 so…dass	Seine Rede war so langweilig, dass ich eingeschlafen bin. （他的演講太無聊以致我睡著。）
通過…方法、由於	dadurch, dass	主句的結果是通過子句的行為達成或造成的 ※和 indem 字義相同，dadurch, dass 可用在人力無法做到的情況，例如：透過氣溫變化	Dadurch dass er in mehreren Teilzeitjobs arbeitet, verdient er Geld. （他透過做好幾份兼職工作來賺錢。） ※放在句首時變 dadurch dass
沒有…就	ohne dass/ zu	子句的行為未完成或發生，主句的行為接著發生。當主句和子句的主詞相同時，則用 ohne zu	Er fährt nach München, ohne ein Wort mit mir zu sagen. （他一句話沒跟我說就去了慕尼黑。）
做…而不做…、代替	(an)statt dass/zu	主句的行為代替子句未發生的行為。當主句和子句的主詞相同時，則用 (an)statt zu	Er spielt lieber Fußball, anstatt dass er lernt. （他寧願去踢足球也不去唸書。）
除了	außer dass/wenn	子句位於主句後面	Dieser Job ist langweilig, außer dass er gut bezahlt wird.（這份工作很無聊，除了薪水高之外。）

時間子句

字義	連接詞	說明	例句
❶當…時 ❷每當 ❸每當…總是	wenn	❶指現在或將來發生一次的事。時態：現在、未來 ❷指發生在過去、一直重複的。時態：過去。為了強調重複性，常用 immer wenn, jedesmal wenn, sooft ❸子句時間先發生，到現在或未來仍重複，可用於說明習慣。子句：現在完成時→主句：現在時；子句：過去完成時→主句：過去時	❶ Wenn ich am Bahnhof ankomme, rufe ich dich an. （當我到火車站時打電話給你。） ❷ Er besuchte Familie Müller, immer wenn er in Deutschland war. （每當他在德國時會去拜訪穆勒一家。） ❸ Wenn wir fertig gegessen haben, gehen wir eine Stunde spazieren. （每當我們吃完飯，會去散步一個小時。）
❶當…時 ❷當…之後	als	❶指發生在過去、只有一次的。時態：過去 ❷子句的行為完成後才有主句的行為。 發生的行為有前後順序，主句和子句需使用不同的過去時態。 子句：過去完成時→主句：過去時；子句過去時→主句：現在完成時	❶ Als ich 25 Jahre alt war, reiste ich zum ersten Mal ins Ausland. （當我 25 歲時第一次出國旅行。） ❷ Als neues iPhone kam, hat er sofort eins gekauft. （新款 iPhone 一到他立刻買了一支。）

在…時	während	❶指 2 件事同時間發生 ❷也可用在比較主句和子句敘述的事實，例如：你去玩我卻要工作	Während ich koche, schaut er Fernsehen. （我在煮飯時他看電視。）
在…時	solange	強調 2 件事同時發生和結束	Solange der Wagen fährt, muss man den Sicherheitsgurt anlegen. （車輛行駛中需繫安全帶。）
一…就	sobald/ sowie	強調很短暫的間隔時間	Ruf mich an, sobald du angekommen bist. （你一到就打給我。）
在…之後	nachdem	子句的動作之後接主句的動作，因此主句和子句時態不同。 ❶子句：現在完成時→主句：現在時或未來時 ❷子句：過去完成時→主句：過去時或現在完成時	Nachdem ich den Führerschein gemacht habe, kaufe ich mir ein neues Auto. （拿到駕照後我給自己買了新車。）
在…之前	bevor/ehe	主句動作先發生，子句動作後發生，但使用時態需一致	Ruf mich bitte an, bevor du gehst. （走之前請給我打電話。）

自從…以來	seit(dem)	❶子句指發生在過去的事持續到現在，主句和子句時態一致。 ❷發生在過去、一次的事，但持續影響到現在，則主句和子句時態不同。	❶ Seit es die Corona-Pandemie gibt, muss man die Schutzmaske tragen. （自從有新冠疫情，人們必需戴口罩。） ❷ Seit er ein Baby hat, ist er jeden Tag pünktlich nach Hause gekommen. （自從有了小寶寶，他每天準時回家。）
到…為止、直到	bis	❶主句動作結束，是子句動作開始，時態一致 ❷主句的行為發生在子句之前，有明顯的前後順序，主句和子句時態不同。	❶ Bis der Kunde ankommt, sind noch 10 Minuten. （客戶到達前還有 10 分鐘。） ❷ Wir haben zusammen gewohnt, bis sie verheiratet. （我們一直住在一起，直到她結婚。）

原因子句

字義	連接詞	說明	例句
因為	weil	說明原因常用此連接詞，子句常放在後面，可以單獨一句用來回答問題。	Ich bleibe im Klassenzimmer, weil es sehr stark regnet. （我留在教室因為雨下太大了。）
因為	da	強調已知的資訊或常識時使用此連接詞，子句放前面，多用於文章。不可單獨一句用來回答問題。	Da es regnet, wasche Ich das Auto nicht. （因為下雨我沒洗車。）

讓步子句

字義	連接詞	說明	例句
雖然	obwohl/ obgleich	指子句的行為和主句是對立的，但又不影響主句的行為。常用 obwohl ，obgleich 是文雅用法。 ※ 需注意另一個同義字 trotzdem，trotzdem 為副詞，使用主句 + 主句的句型	Obwohl es regnet, gehen wir noch spazieren. （雖然下雨我們仍然去散步。）
雖然	wenn auch	字義和 obwohl 相同，可互換使用，wenn auch 子句說的是真實情況，需使用直述句，子句在前，後面主句常搭配 so doch	Wenn es auch regnet, so gehen wir noch spazieren. （雖然下雨我們仍然去散步。）
即使	auch wenn	和上個字 wenn auch 只是單字對調，字義就有變化了。子句指的非真實的事，是假設的情況，需使用第二虛擬式	Auch wenn es regnete, gingen wir noch spazieren. （即使下雨我們仍然去散步。）

方式子句

字義	連接詞	說明	例句
透過…方式	indem	指透過某些方式，達到結果，常用此連接詞，子句常放後面使用。 ※ 和 dadurch,dass 字義相同，dadurch,dass 可用在人力無法達到的情況，例如：透過氣溫變化	Ich habe 10 Kilo abgenommen, indem ich Sport getrieben habe. （我透過運動減掉 10 公斤。）

目的子句

字義	連接詞	說明	例句
為了、以便於	damit	子句在說明主句的目的，常用此連接詞。使用 damit 時，主句和子句主詞不相同。 不可用情態動詞 sollen 當主句和子句主詞相同時，會改用 um…zu	Der Vater hat das Auto verlangsamt , damit seine Kinder bequem im Auto sitzen. （爸爸放慢車速，以便於他的孩子坐車舒適。）
為了	um…zu	當主句和子句主詞相同時，常用 um…zu(+ 動詞不定式) 不可用情態動詞	Ich lerne Deutsch, um in Deutschland zu arbeiten. （我學德文是為了在德國工作。）

條件子句

字義	連接詞	說明	例句
假如、如果	wenn/ sofern	❶子句和主句位置均可前可後 ❷子句放前面時，主句可加 dann ❸子句放前面可省略 wenn，動詞改放句首 ❹ wenn 和 sofern 用法相同	❶ Ich rufe dich an, wenn ich Zeit habe. （如果我有時間，會打電話給你。） ❷ Wenn ich Zeit habe, dann rufe ich dich an. （如果我有時間，那麼就打電話給你。） ❸ Habe ich Zeit, dann rufe ich dich an. （如果我有時間，那麼就打電話給你。）
萬一、如果	falls	子句指的事很可能不會發生	Ich gehe auch nicht, falls du nicht zur Party gehst. （如果你不去派對，我也不去。）

間接提問子句

<table>
<tr><th>字義</th><th>連接詞</th><th>說明</th><th colspan="2">例句</th></tr>
<tr><td>是否</td><td>ob</td><td>常用此連接詞，引導出子句提問：
❶主句以 es ist 開頭，子句 ob 帶出疑問主題
❷主句表達不知道、不了解、提問，子句 ob 帶出疑問主題</td><td colspan="2">❶ Es ist wichtig, ob er pünktlich zum Termin ist.
（他是否準時赴約很重要。）
❷ Ich weiße nicht, ob er pünktlich zum Termin ist.
（我不知道他是否準時赴約。）</td></tr>
<tr><td>在哪裡</td><td>wo</td><td rowspan="5">簡單句型裡的疑問句，分別是：
❶疑問詞開頭
❷動詞開頭
❸複合句型在子句使用疑問副詞、疑問代詞，形成問句，是疑問句型的第 3 種格式。
疑問副詞、疑問代詞放到子句開頭，即是連接詞。</td><td rowspan="5">Ich habe keine Ahnung,</td><td>wo sie ist.
（我不知道她在哪裡。）</td></tr>
<tr><td>誰</td><td>wer</td><td>wer sie ist.
（我不知道她是誰。）</td></tr>
<tr><td>什麼時間</td><td>wann</td><td>wann sie kommt.
（我不知道她何時來。）</td></tr>
<tr><td>什麼</td><td>was</td><td>was sie sagt.
（我不知道她說了什麼。）</td></tr>
<tr><td>哪一種</td><td>welch-</td><td>welche Kleidung sie trägt.
（我不知道她穿哪件衣服。）</td></tr>
</table>

比較子句

字義	連接詞	說明	例句
像…一樣 / 不像…	so…wie	主句指出的情況和子句相比較	Es ist so kalt, wie es im Winter ist. （天氣冷得像冬天一樣。）
像…/ 不像…	als	主句需要一個形容詞比較級或是副詞 anders	Er sieht anders aus, als ich ihn auf dem Bild gesehen habe. （他看起來和我照片中看到的不一樣。）
好像是	als ob	❶比較非現實的情況，子句放後面，子句使用第二虛擬式。主句常加 so ❷若省略 ob，子句語序變成 als + 動詞 + 主詞 ❸ als wenn 和 als ob 意思相同，但 als wenn 子句較少用於引導非現實的情況	Er spricht so, als ob er ein Professor wäre. （他這樣說話好像他是個教授一樣。）
越…越	je…, desto/ umso	主句和子句指出的事實有相對比例的變多或變少。 這是組合詞，句型：子句 je 開頭 + 比較級，接主句 desto/ umso 開頭 + 比較級	Je mehr ich übe, desto besser zeichne ich. （我練習得越多，我畫得越好。）

限制子句

字義	連接詞	說明	例句
就…而言、儘量	soviel/ soweit	子句的內容會限定主句的行為	❶ Iss, soviel du kannst. （吃吧，你儘管吃。） ❷ Soviel ich weiß, hat Paul ein Motorrad. （就我所知，保羅有一輛摩托車。）
倘若、只要（在某範圍內的）	insofern/ insoweit	子句有條件內容，以限定主句	Ich werde ihm helfen, insoweit ich Zeit habe. （只要我有時間，我就會幫他。）
至於、關於	was… betrifft	子句引導的內容，是整個句子討論的主角或主題	Was die Prüfung betrifft, hat der Professor abgesagt. （至於考試，教授取消了。）

關係子句

使用關係代名詞引導的子句來修飾名詞或代名詞，將需要 2 個句子說明的事，合併成一個句子。

Ich habe einen kleinen Bruder.（我有個弟弟。）
Er ist Arzt.（他是一位醫生。）

Ich habe einen kleinen Bruder, der Arzt ist.
（我有個弟弟是醫生。）

❶關係子句跟在要修飾的名詞後面
❷關係代名詞的詞性、單複數，依修飾的名詞而定
❸關係代名詞的格，依子句的文法而定

關係代名詞的詞性、單複數，依修飾的名詞而定。

男生：der Arzt

女生：die Ärztin

關係代名詞的格變化

格	單數			複數
Nom.	der	das	die	die
Akk.	den	das	die	die
Dat.	dem	dem	der	denen
Gen.	dessen	dessen	deren	deren

格	例　句
Nom.	Kennst du diese Frau, die rote Haare hat? （你認識那個紅頭髮的女人嗎？）
Akk.	Das ist ein Geschenk, das mein Vater mir geschenkt hat.（那是我爸爸送給我的一個禮物。）
Dat.	Herr Wagner ist der Lehrer, dem ich gedankt habe. （華格納先生是我感謝過的老師。）
Gen.	Siehst du der Mann, dessen Auto auf dem Parkplatz angefahren wurde? （你看到那個車子在停車場被撞的男人嗎？）

帶介系詞的關係子句

Das sind Herr Schneider und seine Frau,

von denen ich dir erzählt habe. ❶介系詞放在關係代名詞前面

❷介系詞決定關係代名詞的格

erzählen von + Dativ

帶疑問詞的關係子句

疑問詞還可作為關係代名詞 / 關係副詞，用來引導子句。

1 wo 用法

<表示地點>

New York ist die Stadt, in der Julia gelebt hat.

wo

（紐約是茱莉亞曾住過的城市。）

<表示時間>

An den Tagen, wo Karle in New York lebte, hat sie in angenehmer Erinnerung.

（卡拉對住在紐約的日子有著美好的回憶。）

< wo(r)+ 介系詞>

Karle hat eine angenehme Erinnerung in New York, wovon Lucy erzählt.

（露西講述卡拉在紐約有個美好回憶。）

2 woher / wohin 用法

<表示方向>

來的方向 woher

Mohammed erzählte mir von dem Dorf in der Türkei, aus der / woher er kommt.（穆罕默德向我講述他來自土耳其的村莊。）

去的方向 wohin

Das Dorf, in das / wohin Mohammed fährt, ist seine Heimat.

（穆罕默德開車去的村莊是他的家鄉。）

3 was 用法

Ich habe nichts verstanden, was Mohammed gesagt hat.
（我不明白穆罕默德說什麼。）

Das war das Schönste, was ich im letzten Tagen erlebte.
（那是我這幾天經歷過最美好的事。）

主句裡有這些相關字，子句可用 was 引導：
alles, vieles, einiges, manches, etwas, nichts, das, es,
視做中性名詞的形容詞最高級

Was mich ärgert, ~~das~~ ist seine Lüge.
（我生氣的是他的謊言。）

子句放前面，主句在後，
無人稱代名詞 das 可省略

4 wer 用法

當不特指某人或某個群體時（誰、誰的），以 wer, wen, wem, wessen 引導子句，主句有 der 可省略。子句常放前面使用。

Wen du triffst, (den) informierst du. （你遇到誰就通知他。）

treffen + Akkusativ

5 wie 用法

Der Ton, wie er spricht, ist mir ganz komisch.
（他說話的語氣我覺得很奇怪。）

說明方法方式、進度等，
用 wie 引導關係子句

重點複習
Die Wiederholung

德語句型整理

1 直述句

	❶	❷：動詞	❸	句尾：動詞
基本句型	Ich	habe	eine Frage.	
	Ich	bin	ein Berliner.	
情態動詞	Hier	darf	man nicht	parken.
分離動詞	Marta	fährt	heute	ab.
可連用動詞	Wir	gehen	morgens	spazieren.
現在完成式 / 過去完成式	Ich	habe/hatte	einen Kuchen	gebacken.
用到動詞 werden 的句型				
未來式	Frau Bauer	wird	wohl krank	sein.
虛擬二式	Stella	würde	gerne nach München	fahren.
被動式	Hier	wird	ein Theater	gebaut.
未來完成式 ※ 不常使用，而改用現在完成式	Sie	wird	nächsten Monat nach München	gezogen sein.

虛擬一式 ※ 常做引述用途，故有主句 + 子句

	主句	子句 ※ 需注意子句語序			
		❶	❷	❸	句尾
現在式	Sie sagte,	Elias	sei	in der Bibliothek.	
現在完成式	Sie sagte,	Elias	sei	in die Bibliothek	gegangen.

命令式－祈使句

	動詞移到句首	❷	❸
du 用法	Komm!（過來）		
	Komm	省略人稱	bitte sofort!（請立刻過來）
ihr 用法	Kommt		
Sie 用法	Kommen	Sie	

2 語序：時間、地點、方法

<句子裡有時間、地點、方法>

Wir	fahren	morgen	mit dem Auto	nach Dresden.
主詞	動詞	時間	方法	地點

動詞一樣在第 2 位置

（我們明天開車去德勒斯登。）

<要強調的詞放在句首時（第 1 位置）>

Morgen	fahren	wir	mit dem Auto	nach Dresden.
時間	動詞	主詞	方法	地點
要強調的放到句首	動詞一樣在第 2 位置	主詞退到動詞後面		

（明天我們開車去德勒斯登。）

3 主句＋子句

主句				子句		
❶	❷	❸		⓿	❶－❸	
句子前區	動詞	句子中區	句尾：動詞	連接詞	主詞＋受詞	句尾：動詞
Ich	frage	ihn,		wann	er zur Schule	geht.

（我問他什麼時候去學校。）

4 帶 zu 不定式

	主句	子句 / 不定式句		
		時間 / 地點 / 受詞		句尾：不定式
主句用動詞	Wir versuchen,	jeden Tag	im Park	zu laufen.
主句用形容詞	Deutsch ist interessant			zu lernen.
分離動詞	Ich habe vor,	jeden Tag	früh	aufzustehen.
連接詞	Ich lerne Französisch,	um nach	Frankreich	zu reisen.

5 主句 1 + 對等連接詞 / 副詞連接詞 + 主句 2

主句 1			主句 2			
❶	❷	❸	⓿	❶	❷	❸
	動詞		連接詞	主詞	動詞	
Ben	lebt	jetzt in Berlin	und	省略同一主詞	arbeitet	bei einer Bank.

（Ben 現在住在柏林和在一家銀行工作。）

倒裝句型

	❶	❷	❸
主句 1	時間	動詞	主詞 + 事件
	Am Freitag	machen	die Kinder einen Schulausflug,

倒裝句型，重點提前，主詞後移
當 2 個主句有不同主詞時，主句句尾加逗號

	⓿	❶	❷	❸	❹
主句 2	連接詞	時間	動詞	主詞	地點
	und	am Montag	bleiben	sie	zu Hause.

對等連接詞 und/aber 後面接時間 / 地點

（周五孩子們去校外教學，周一他們待在家裡。）

6 疑問句

＜W- 疑問句＞

句首	❷	❸
Was	soll	ich sagen?
W- 疑問詞在句首	動詞 / 助動詞在第 2 位置	動詞原形放句末

☆—☆—☆—☆—☆—☆—☆—☆—☆—☆—☆—

＜Ja/Nein 疑問句＞

句首	❷	❸
Kannst	du	Deutsch sprechen?
動詞 / 助動詞移到句子前面		動詞原形放句末

答句：

開頭	❶	❷	❸
Ja,	Ich	kann	Deutsch sprechen.
以 Ja/Nein 回答		動詞 / 助動詞在第 2 位置	動詞原形放句末

常見子句用法

主句用 es 開頭，子句 dass 指的就是主詞 es

主句開頭用字：「知道、了解、確定」，表達確定的事

主句表達感覺、想法

主句表達情緒

主句動詞有固定搭配介系詞時，dass 做連接詞

修飾主句裡的名詞

由 dass 延伸的其他連接詞

so dass/ so…dass （以致於）	dadurch, dass （通過…方法、由於）	ohne dass/zu （沒有…就）
(an)statt dass/zu （做…而不做…、代替）	außer dass/wenn （除了）	

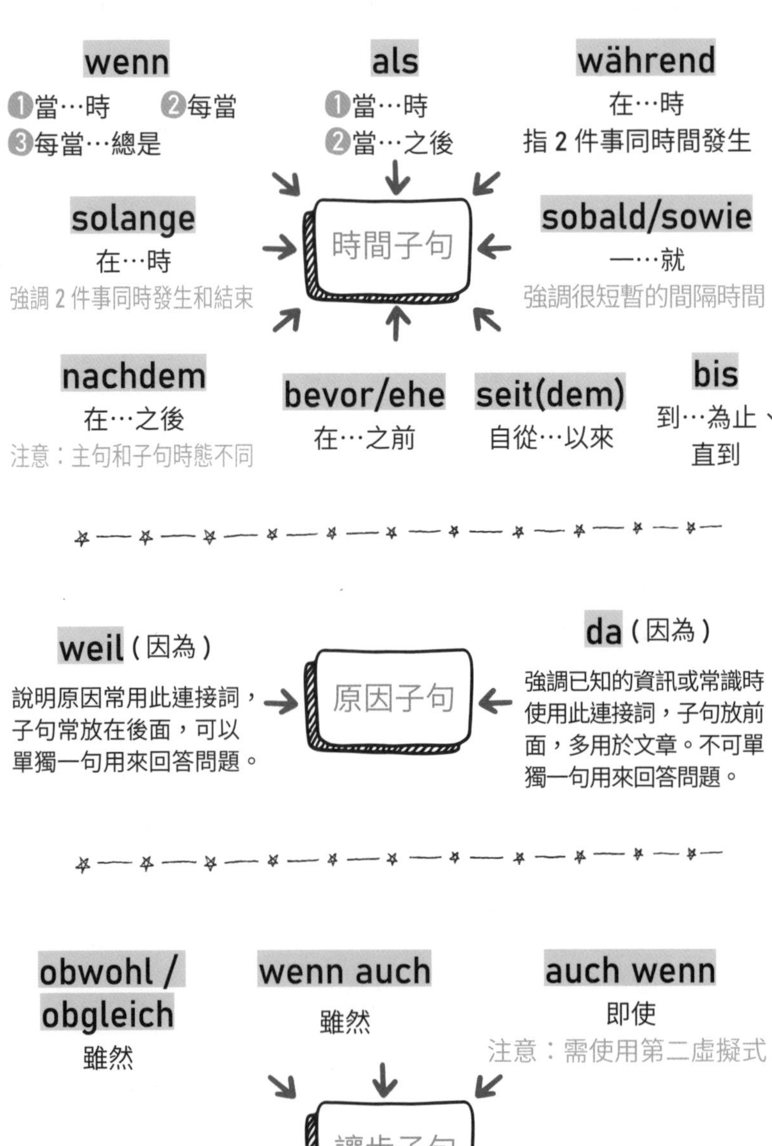
wenn
❶當…時 ❷每當
❸每當…總是
als
❶當…時
❷當…之後
während
在…時
指 2 件事同時間發生
solange
在…時
強調 2 件事同時發生和結束
時間子句
sobald/sowie
一…就
強調很短暫的間隔時間
nachdem
在…之後
注意：主句和子句時態不同
bevor/ehe
在…之前
seit(dem)
自從…以來
bis
到…為止、直到
weil（因為）
說明原因常用此連接詞，子句常放在後面，可以單獨一句用來回答問題。
原因子句
da（因為）
強調已知的資訊或常識時使用此連接詞，子句放前面，多用於文章。不可單獨一句用來回答問題。
obwohl / obgleich
雖然
wenn auch
雖然
auch wenn
即使
注意：需使用第二虛擬式
讓步子句

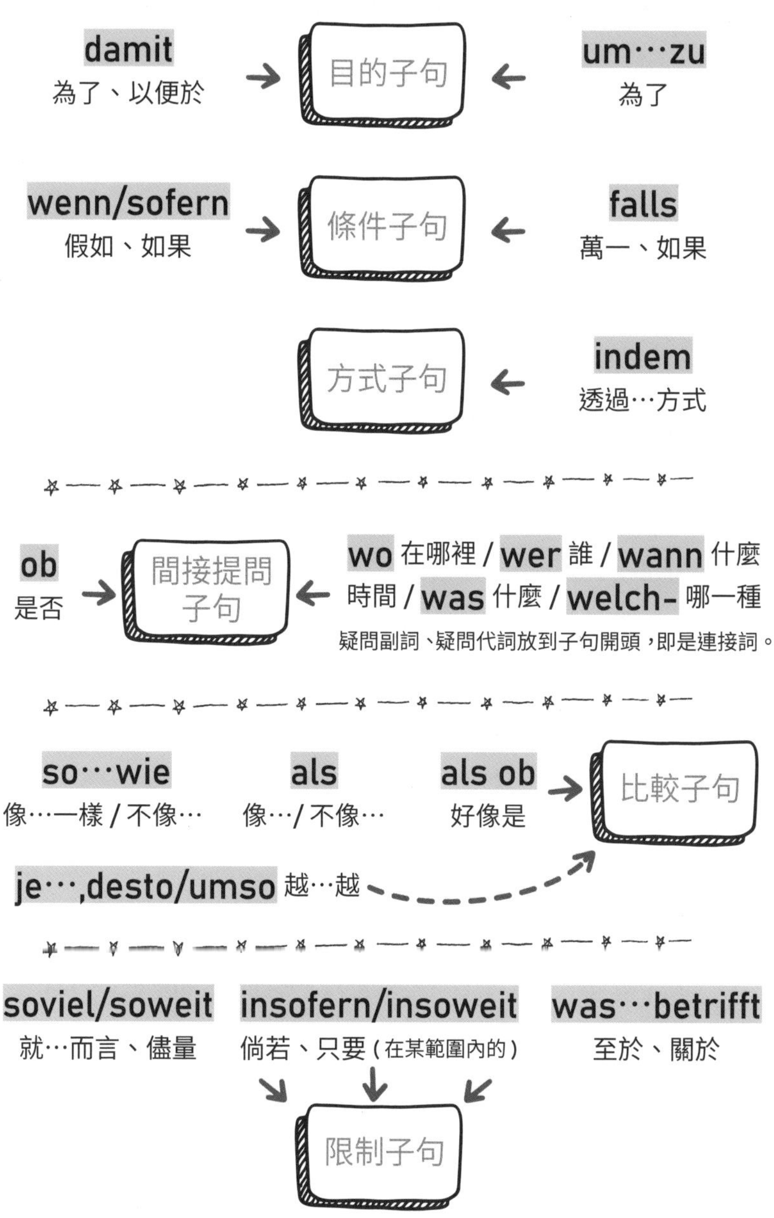
damit
為了、以便於
目的子句
um…zu
為了
wenn/sofern
假如、如果
條件子句
falls
萬一、如果
方式子句
indem
透過…方式
ob
是否
間接提問子句
wo 在哪裡 / wer 誰 / wann 什麼時間 / was 什麼 / welch- 哪一種
疑問副詞、疑問代詞放到子句開頭，即是連接詞。
so…wie
像…一樣 / 不像…
als
像…/ 不像…
als ob
好像是
比較子句
je…,desto/umso 越…越
soviel/soweit
就…而言、儘量
insofern/insoweit
倘若、只要（在某範圍內的）
was…betrifft
至於、關於
限制子句

關係子句

Ich habe einen kleinen Bruder, der Arzt ist.

（我有個弟弟是醫生。）

❶關係子句跟在要修飾的名詞後面
❷詞性、單複數，依修飾的名詞而定
❸格變化，依子句的文法而定

帶介系詞的關係子句

Das sind Herr Schneider und seine Frau,

von denen ich dir erzählt habe.

erzählen von + Dativ

❶介系詞放在關係代名詞前面
❷介系詞決定關係代名詞的格

帶疑問詞的關係子句

wo	表示地點	表示時間
woher/wohin	表示方向	
was	主句裡有這些相關字，子句可用 was 引導： alles, ieles, einiges, manches, etwas, nichts, das, es, 視做中性名詞的形容詞最高級	
wer	當不特指某人或某個群體時（誰、誰的），以 wer, wen, wem, wessen 引導子句	
wie	說明方法方式、進度等，用 wie 引導關係子句	

練習 15 Die Übungen

A 請重新組合題目中出現的單字，需做文法變化，完成正確的句子。

1. Anja / gehen / gestern / zu / der Arzt

   現在完成式：______________________________

2. mit / die Bahn / fahren / Frau Becker / am Montag / nach / Berlin

   現在式：______________________________

3. du / das Buch / ich / bitte / geben

   命令式：______________________________

4. reparieren / ich / mein Auto/ lassen

   現在式：______________________________

5. sonst / wegfahren / schnell, / der Zug

   現在式：______________________________

6. kaufen / was für / ein Auto / du

   疑問句 + 現在完成式：______________________________

7. fliegen / Herr Weigel / werden / am Morgen / nach / München

   未來式：______________________________

8. haben / lieber / ein Zimmer / mit Meerblick / ich

   虛擬二式：______________________________

⑨ Martin / doch noch / zur Party / sein / kommen, / nachdem / er / seine Arbeit / beenden / haben

過去完成式 + 現在完成式：______________________________

____

⑩ sein, / Millionär / ich / am Meer/ kaufen / mir / ich / werden / wenn / eine Villa

虛擬二式：____

____

B 請選出合適的連接詞，將句子 2 改寫成子句。

anstatt zu　bis　damit　dass　obwohl

mit dem　ob　weil　um...zu　wo

	句子 1	句子 2	→改寫子句
❶	Ich freue mich,	Ingrid ist hier.	
❷	Ich esse zu Hause,	Ich spare Geld.	
❸	Frau Meyer macht eine Party,	Ihr Mann hat Geburtstag.	

❹	Sie geht zur Party,	Sie hat Fieber.
❺	Ich weiß nicht,	Ich liebe ihn.
❻	Ich warte,	Du bis fertig.
❼	Marina lernt mehrere Fremdsprachen,	Ihre Berufschancen werden besser.
❽	Felix geht ins Kino,	Er lernt nicht.
❾	Kennst du den Mann,	Er spricht mit Frau Meyer.
❿	Rothenburg ist die schönste Stadt,	Ich habe in Deutschland gelebt.

解答在 Seite 341

Seite 42 ＜練習 1＞

❶ der Mann、die Männer
❷ die Frau、die Frauen
❸ das Baby、die Babys
❹ die Katze、die Katzen
❺ das Auto、die Autos
❻ das Fahrrad、die Fahrräder
❼ der Anzug、die Anzüge
❽ der Bär、die Bären
❾ der Apfel、die Äpfel
❿ die Blume、die Blumen

Seite 54 ＜練習 2＞

A

	陽性	中性	陰性	複數
Nom.	der Mantel	ein Buch	die Blume	die Stifte
Akk.	den Mantel	ein Buch	eine Blume	die Stifte
Dat.	dem Mantel	einem Buch	der Blume	den Stiften
Gen.	eines Mantels	des Buch(e)s	einer Blume	der Stifte

B ❶ keine ❷ keine ❸ nicht ❹ --- ❺ ein

Seite 74 ＜練習 3＞

A ❶ sie, Ihr! ❷ dich, Dir! ❸ euch,Euch! ❹ ihn,Ihm!
❺ uns,Uns! ❻ sie, Ihnen!

B ❶ dein Kleid, dein(e)s ❷ seine Hose, seine ❸ ihre Hüte, ihre
❹ ihres Schals, ihres ❺ euren Handschuhen, euren
❻ deines Anzugs, deines ❼ meine Jacke, meine

C ❶ Diese / jene ❷ jene / Die ❸ dasselbe ❹ denjenigen/ die
❺ solches ❻ diesem

Seite 96 ＜練習 4＞

A

格	陽性	中性	陰性	複數
Nom.	einer	kein(e)s	jede	mehrere
Akk.	einen	kein(e)s	jede	mehrere
Dat.	einem	keinem	jeder	mehreren
Gen.	eines	keines	jeder	mehrerer

B ❶ einen, keinen ❷ Manche ❸ einigen, man ❹ niemand
❺ etwas, nichts ❻ Wessen ❼ Es, uns ❽ welche ❾ sich
❿ dessen

Seite 114 ＜練習 5 ＞

動詞原形	wohnen	sprechen	essen	lesen	sein	haben
ich	wohne	spreche	esse	lese	bin	habe
du	wohnst	sprichst	isst	liest	bist	hast
er/es/sie	wohnt	spricht	isst	liest	ist	hat
wir	wohnen	sprechen	essen	lesen	sind	haben
ihr	wohnt	sprecht	esst	lest	seid	habt
Sie/sie	wohnen	sprechen	essen	lesen	sind	haben

情態動詞	dürfen	können	müssen	sollen	wollen	mögen
ich	darf	kann	muss	soll	will	mag
du	darfst	kannst	musst	sollst	willst	magst
er/es/sie	darf	kann	muss	soll	will	mag
wir	dürfen	können	müssen	sollen	wollen	mögen
ihr	dürft	könnt	müsst	sollt	wollt	mögt
Sie/sie	dürfen	können	müssen	sollen	wollen	mögen

Seite 132 ＜練習 6 ＞

A

分離動詞	不可分離動詞
ausgehen, einkaufen, loslassen, vorstellen, zumachen	beachten, empfehlen, erholen, missdeuten, vergessen

B

❶ Paul lässt die Kinder spielen.
❷ Ich fahre Mia vom Bahnhof abholen.
❸ Du brauchst mich nur anzurufen, dann komme ich zu dir.
❹ Das Yoga ist mir gut bekommen.
❺ Ich möchte einen Vorschlag machen.

C ❶ Ich bedanke mich.
❷ Er beschwert sich.
❸ Sie kümmert sich.
❹ Sie müssen sich beeilen, den Zug zu erreichen.
❺ Wir treffen uns um sieben.

Seite 150 ＜練習 7＞

A ❶ liebt ❷ ein, getrunken ❸ bringt, das, den
❹ den, gefunden ❺ gehört, diese ❻ mir, die, gezeigt
❼ gehe, zum ❽ schiebt, den, die

B

動詞原形	第一分詞	第二分詞
❶ freuen	freuend	gefreut
❷ laufen	laufend	gelaufen
❸ waschen	waschend	gewaschen
❹ weinen	weinend	geweint
❺ singen	singend	gesungen
❻ folgen	folgend	gefolgt
❼ abholen	abholend	abgeholt
❽ verlieben	verliebend	verliebt
❾ landen	landend	gelanden
❿ stehlen	stehlend	gestohlen

C ❶ Henry hat die ganze Nacht zu arbeiten.
❷ Wir hoffen sehr, mit Wohnmobil zu reisen.
❸ Wir versuchen, jeden Samstag zu wandern.
❹ Das singende Mädchen ist nur vier Jahre alt.
❺ Das neu eröffnete Kaufhaus läuft sehr gut.

Seite 179 ＜練習 8 ＞

A

	現在式	過去式	現在式	過去式	過去式
動詞原形	kochen	glauben	laufen	gehen	finden
ich	koche	glaubte	laufe	ging	fand
du	kochst	glaubtest	läufst	gingst	fandest
er/es/sie	kocht	glaubte	läuft	ging	fand
wir	kochen	glaubten	laufen	gingen	fanden
ihr	kocht	glaubtet	lauft	gingt	fandet
Sie/sie	kochen	glaubten	laufen	gingen	fanden
第二分詞（過去分詞）	gekocht	geglaubt	gelaufen	gegangen	gefunden

B

動詞原形	現在式：第 2 人稱 du	現在式：第 3 人稱 er/sie/es	過去式：第 2 人稱 du	過去式：第 3 人稱 er/sie/es	第二分詞（過去分詞）
sein	bist	ist	warst	war	gewesen
haben	hast	hat	hattest	hatte	gehabt
werden	wirst	wird	wurdest	wurde	geworden
dürfen	darfst	darf	durftest	durfte	gedurft
können	kannst	kann	konntest	konnte	gekonnt
sollen	sollst	soll	solltest	sollte	gesollt
müssen	musst	muss	musstest	musste	gemusst
wollen	willst	will	wolltest	wollte	gewollt
mögen	magst	mag	mochtest	mochte	gemocht

C ❶ trinkt ❷ stehe, auf ❸ war ❹ hat, verliebt
❺ hat, geschrieben ❻ kam, gegessen, hatte
❼ war, gestartet, ankam ❽ werde, fahren
❾ wird, nachdenken ❿ werde, geschrieben, haben

Seite 196 <練習 9>

A
❶ Steh auf!
❷ Passt auf!
❸ Hören Sie zu.
❹ Iss!
❺ Sprich!

B
❶ Maria sagte, sie habe eine neue Wohnung in München gekauft.
❷ Der Mechaniker erzählt mir, die Bremse sei kaputt.
❸ Er fragt mir, wo Maria umgezogen sei.

C

動詞原形	sein	haben	werden	können	kommen	fahren
ich	wäre	hätte	würde	könnte	käme	führe
du	wär(e)st	hättest	würdest	könntest	kämest	führest
er/es/sie	wäre	hätte	würde	könnte	käme	führe
wir	wären	hätten	würden	könnten	kämen	führen
ihr	wäret	hättet	würdet	könntet	kämet	führet
Sie/sie	wären	hätten	würden	könnten	kämen	führen

D
❶ Aber wenn ich Zeit hätte, würde ich die Party besuchen.
❷ Suzanne sieht aus, als ob sie 40 wäre.
❸ Könnte ich bitte noch einen Kaffee haben?

Seite 210 ＜練習 10＞

A ❶ Hier darf nicht getrunken und gegessen werden.
❷ Hier darf geraucht werden.
❸ Hier muss langsam gefahren werden.

B ❶ wurde , repariert ❷ sind , geschlossen
❸ wird , renoviert werden ❹ müssen gegossen werden
❺ sind , gewaschen worden

C ❶ wird ❷ geworden, geworden ❸ wird
❹ lässt ❺ lässt ❻ würde ❼ lasse
❽ worden ❾ lassen ❿ gelassen

Seite 250 ＜練習 11＞

A

Akk.	den blauen Mantel	neues Auto	eine rote Jacke	keine gelben Socken
Dat.	dem blauen Mantel	neuem Auto	einer roten Jacke	keinen gelben Socken

B ❶ ein klingelndes Telefon ❷ kochendes Wasser
❸ ein vergessener Koffer ❹ die gestohlene Tasche

C

❶ neuer	am neu(e)sten
❷ jünger	am jüngsten
❸ besser	am besten
❹ mehr	am meisten
❺ höher	am höchsten
❻ teurer	am teuersten

D ❶ schneller als ❷ so groß wie ❸ nicht so billig
❹ immer teurer ❺ Je mehr, desto weniger ❻ schönste

Seite 252 ＜練習 12＞

E ❶ meistens ❷ oft ❸ früher ❹ hin, hierher ❺ Deshalb

F

時間副詞	地點副詞	原因副詞	方式副詞
dann	draußen	also	allerdings
selten	links	deshalb	gern
gestern	unten	trotzdem	leider
bis jetzt	dorthin	deswegen	natürlich

G ❶ (ein)hundertsechsunddreißig
❷ zehntausendachthundertvierundzwanzig
❸ im Jahr zweitausendfünfzehn
❹ im siebzehnten Jahrhundert
❺ am siebzehnten Juli/Siebten
❻ in den dreißigern
❼ drei mal sieben ist (gleich) einundzwanzig
❽ siebzig Komma acht neun
❾ ein Viertel
❿ fünfmal
⓫ hunderterlei
⓬ dreizehn Uhr dreißig/ halb zwei

Seite 280 ＜練習 13＞

A

+ Akkusativ	+ A/D 兩者皆可	+ Dativ	+ Genitiv
bis durch für ohne um	an auf in neben vor	ab aus bei gegenüber mit nach von zu	trotz wegen

B ❶ b ❷ e ❸ j ❹ c ❺ i ❻ h ❼ a ❽ f ❾ d ❿ g

C ❶ am ❷ mit, -em ❸ auf, -e ❹ für, -e ❺ für ❻ mit, -en
❼ nach, -em ❽ vor ❾ von ❿ über, -en 或 von, -em

Seite 300 ＜練習 14＞

A ❶ g ❷ d ❸ j ❹ a ❺ i/c ❻ b ❼ f/b ❽ c/i ❾ e ❿ h

B ❶ Wie ❷ mal ❸ aber ❹ doch ❺ bloß 或 nur
❻ eigentlich ❼ eben ❽ Oje

C ❶ Meine Oma hat drei Brüder und vier Schwestern.
❷ Fährst du mit dem Auto oder mit dem Zug?
❸ Ich kann nicht schwimmen, trotzdem probiere ich es.
❹ Beeil dich, sonst verpasst du den Zug.
❺ Ich bin sehr froh, dass ich eine neue Arbeit habe.
❻ Als ich noch klein war, habe ich in Berlin gelebt.
❼ Susanne geht zur Party, obwohl sie keine Abendkleider hat.

Seite 329 ＜練習 15＞

A
❶ Anja ist gestern zum Arzt gegangen.
❷ Frau Becker fährt am Montag mit der Bahn nach Berlin.
❸ Gib mir bitte das Buch.
❹ Ich lasse mein Auto reparieren.
❺ Schnell,sonst fährt der Zug weg.
❻ Was für ein Auto hast du gekauft?
❼ Herr Weigel wird am Morgen nach München fliegen.
❽ Ich hätte lieber ein Zimmer mit Meerblick.
❾ Martin ist doch noch zur Party gekommen,nachdem er seine Arbeit beendet hatte.
❿ Wenn ich Millionär wäre, würde ich mir eine Villa am Meer kaufen.

B
❶ dass Ingrid hier ist.
❷ um Geld zu sparen.
❸ weil ihr Mann Geburtstag hat.
❹ obwohl sie Fieber hat.
❺ ob ich ihn liebe.
❻ bis du fertig bist.
❼ damit ihre Berufschancen besser werden.
❽ anstatt zu lernen.
❾ mit dem Frau Meyer spricht.
❿ wo ich in Deutschland gelebt habe.

附錄

常見接 Dativ 的動詞

antworten （回答）	auf/fallen （引起注意）	begegnen （偶遇）	danken （感謝）
dienen （服務；有助於）	drohen （威脅）	ein/fallen （想起；插入）	fehlen （缺少）
folgen （跟隨）	gefallen （喜歡）	gehen （～如何了？用於表示情況時）	gehören （屬於）
gelingen （成功）	genügen （足夠）	glauben （相信）	gratulieren （恭喜）
geschehen （發生;遭遇;失敗）	helfen （幫助）	leid tun （使人感到抱歉）	nützen （有益；有用）
passen （合適）	passieren （發生；經過）	raten （建議;猜;勸告）	schaden （損害;不利於）
schmecken （品嚐味道）	stehen （站立；位於）	vertrauen （信任）	verzeihen （原諒）
weh/tun （感到疼痛）	wiederholen （重覆）	widersprechen （頂撞）	winken （暗示；示意；招手）
zu/hören （注意聽）	zu/schauen （仔細察看）	zu/sehen （注視；觀看）	zu/stimmen （同意；支持）

德檢常考不規則動詞

※ 第 3 人稱單數動詞變化
※「/」表示兩者都會使用
※ 依變化相同的單字做分組列表，方便記憶

變化規則：ie-o-o

動詞原形	現在式	過去式	第二分詞（過去分詞）
biegen	biegt	bog	hat / ist gebogen
bieten	bietet	bot	hat geboten
fliegen	fliegt	flog	hat / ist geflogen
fliehen	flieht	floh	hat / ist geflohen
fließen	fließt	floss	ist geflossen
frieren	friert	fror	hat / ist gefroren
genießen	genießt	genoss	hat genossen
gießen	gießt	goss	hat gegossen
riechen	riecht	roch	hat gerochen
schieben	schiebt	schob	hat / ist geschoben
schießen	schießt	schoss	hat / ist geschossen
schließen	schließt	schloss	hat geschlossen
verlieren	verliert	verlor	hat verloren
wiegen	wiegt	wog	hat gewogen
ziehen	zieht	zog	hat / ist gezogen

變化規則：in-an-un

動詞原形	現在式	過去式	第二分詞（過去分詞）
binden	bindet	band	hat gebunden
finden	findet	fand	hat gefunden
gelingen	gelingt	gelang	ist gelungen
klingen	klingt	klang	hat geklungen
singen	singt	sang	hat gesungen
sinken	sinkt	sank	ist gesunken
springen	springt	sprang	ist gesprungen
stinken	stinkt	stank	hat gestunken
trinken	trinkt	trank	hat getrunken
zwingen	zwingt	zwang	hat gezwungen

變化規則：ei-ie-ie

動詞原形	現在式	過去式	第二分詞（過去分詞）
beweisen	beweist	bewies	hat bewiesen
bleiben	bleibt	blieb	ist geblieben
leihen	leiht	lieh	hat geliehen
scheiden	scheidet	schied	hat / ist geschieden
scheinen	scheint	schien	hat geschienen
schreiben	schreibt	schrieb	hat geschrieben
schreien	schreit	schrie	hat geschrien
schweigen	schweigt	schwieg	hat geschwiegen
steigen	steigt	stieg	ist gestiegen
treiben	treibt	trieb	hat / ist gestrieben

變化規則：ei-ie-ei

動詞原形	現在式	過去式	第二分詞（過去分詞）
heißen	heißt	hieß	hat geheißen

變化規則：ei-i-i

動詞原形	現在式	過去式	第二分詞（過去分詞）
beißen	beißt	biss	hat gebissen
greifen	greift	griff	hat gegriffen
leiden	leidet	litt	hat gelitten
reiten	reitet	ritt	hat / ist geritten
schneiden	schneidet	schnitt	hat geschnitten
streichen	streicht	strich	hat / ist gestrichen
streiten	streitet	stritt	hat gestritten
vergleichen	vergleicht	verglich	hat verglichen

變化規則：e → i-a-o

動詞原形	現在式	過去式	第二分詞（過去分詞）
bewerben	bewirbt	bewarb	hat beworben
brechen	bricht	brach	hat / ist gebrochen
erschrecken	erschrickt	erschrak	hat / ist erschrocken
gelten	gilt	galt	hat gegolten
helfen	hilft	half	hat geholfen
nehmen	nimmt	nahm	hat genommen
sprechen	spricht	sprach	hat gesprochen
stechen	sticht	stach	hat / ist gestochen
stehlen	stiehlt	stahl	hat gestohlen
sterben	stirbt	starb	ist gestorben
treffen	trifft	traf	hat / ist getroffen
werfen	wirft	warf	hat geworfen

變化規則：i-a-o

動詞原形	現在式	過去式	第二分詞（過去分詞）
beginnen	beginnt	begann	hat begonnen
gewinnen	gewinnt	gewann	hat gewonnen
schwimmen	schwimmt	schwamm	hat / ist geschwommen

變化規則：e → i-a-e

動詞原形	現在式	過去式	第二分詞（過去分詞）
essen	isst	aß	hat gegessen
fressen	frisst	fraß	hat gefressen
geben	gibt	gab	hat gegeben
messen	misst	maß	hat gemessen
treten	tritt	trat	hat / ist getreten
vergessen	vergisst	vergaß	hat vergessen

變化規則：e → ie-a-e

動詞原形	現在式	過去式	第二分詞（過去分詞）
geschehen	geschieht	geschah	ist geschehen
lesen	liest	las	hat gelesen
sehen	sieht	sah	hat gesehen

變化規則：e → ie-a-o

動詞原形	現在式	過去式	第二分詞（過去分詞）
empfehlen	empfiehlt	empfahl	hat empfohlen

變化規則：i-a-e

動詞原形	現在式	過去式	第二分詞（過去分詞）
bitten	bittet	bat	hat gebeten
liegen	liegt	lag	hat gelegen
sitzen	sitzt	saß	hat gesessen

變化規則：a → ä-u-a

動詞原形	現在式	過去式	第二分詞（過去分詞）
backen	bäckt / backt	buk (backte)	hat gebacken
fahren	fährt	fuhr	hat / ist gefahren
laden	lädt	lud	hat geladen
schlagen	schlägt	schlug	hat geschlagen
tragen	trägt	trug	hat getragen
wachsen	wächst	wuchs	ist gewachsen
waschen	wäscht	wusch	hat gewaschen

變化規則：a → ä-ie-a

動詞原形	現在式	過去式	第二分詞（過去分詞）
beraten	berät	beriet	hat beraten
braten	brät	briet	hat gebraten
fallen	fällt	fiel	ist gefallen
gefallen	gefällt	gefiel	hat gefallen
halten	hält	hielt	hat gehalten
raten	rät	riet	hat geraten
schlafen	schläft	schlief	hat geschlafen

變化規則：a/ä → ä-i-a

動詞原形	現在式	過去式	第二分詞（過去分詞）
fangen	fängt	fing	hat gefangen
hängen	hängt	hing	hat gehangen

變化規則：en-an-an

動詞原形	現在式	過去式	第二分詞（過去分詞）
brennen	brennt	brannte	hat gebrannt
kennen	kennt	kannte	hat gekannt
rennen	rennt	rannte	hat / ist gerannt
senden	sendet	sandte	hat gesandt
wenden	wendet	wandte	hat gewandt

其他變化規則：i-a-a

動詞原形	現在式	過去式	第二分詞（過去分詞）
bringen	bringt	brachte	hat gebracht

變化規則：o-a-o

動詞原形	現在式	過去式	第二分詞（過去分詞）
kommen	kommt	kam	ist gekommen

變化規則：e-o-o

動詞原形	現在式	過去式	第二分詞（過去分詞）
heben	hebt	hob	hat gehoben

變化規則：u-a-a

動詞原形	現在式	過去式	第二分詞（過去分詞）
tun	tut	tat	hat getan

變化規則：ü-o-o

動詞原形	現在式	過去式	第二分詞（過去分詞）
lügen	lügt	log	hat gelogen

變化規則：i → ei-u-u

動詞原形	現在式	過去式	第二分詞（過去分詞）
wissen	weiß	wusste	hat gewusst

變化規則：au → äu-ie-au

動詞原形	現在式	過去式	第二分詞（過去分詞）
laufen	läuft	lief	hat / ist gelaufen

變化規則：o → ö-ie-o

動詞原形	現在式	過去式	第二分詞（過去分詞）
stoßen	stößt	stieß	hat / ist gestoßen

變化規則：e-i-a

動詞原形	現在式	過去式	第二分詞（過去分詞）
gehen	geht	ging	ist gegangen

變化規則：e-a-a

動詞原形	現在式	過去式	第二分詞（過去分詞）
erkennen	erkennt	erkannte	hat erkannt
stehen	steht	stand	hat gestanden
denken	denkt	dachte	hat gedacht
nennen	nennt	nannte	hat genannt

變化規則：u-ie-u

動詞原形	現在式	過去式	第二分詞（過去分詞）
rufen	ruft	rief	hat gerufen

助動詞／情態動詞

動詞原形	現在式	過去式	第二分詞（過去分詞）
sein	ist	war	ist gewesen
haben	hat	hatte	hat gehabt
dürfen	darf	durfte	hat gedurft
können	kann	konnte	hat gekonnt
mögen	mag	mochte	hat gemocht
müssen	muss	musste	hat gemusst
lassen	lässt	ließ	hat gelassen
werden	wird	wurde	ist geworden

國家圖書館出版品預行編目資料

圖解德文文法 / 樂思編譯組編著 -- 初版 . – 新北市 :
樂思文化國際事業有限公司 , 2024.09
面； 公分

ISBN 978-986-96828-7-9 (平裝)
1.CST：德語 2.CST：語法

805.26 113010645

一定考 003

圖解德文文法

編著 / 樂思編譯組
插畫 / Yaya

發行人 · 總編輯 / 王雅卿
執行編輯 / 王靖雅
美術編輯 / 李慧瑛
封面設計 / 項苑喬

出版發行 / 樂思文化國際事業有限公司
地　　址 / 台灣新北市 234 永和區永和路二段 57 號 7 樓
FaceBook / https://www.facebook.com/rise.culture.tw/
電　　話 / (02)7723-1780　　E-mail / riseculedit@gmail.com

總 經 銷 / 聯合發行股份有限公司
地　　址 / 臺灣新北市 231 新店區寶橋路 235 巷 6 弄 6 號 2 樓
電　　話 / (02)2917-8022　　傳　　真 / (02)2915-6275

定　　價 / 新台幣 550 元
I S B N / 978-986-96828-7-9
初版一刷 / 2024 年 9 月